回転草

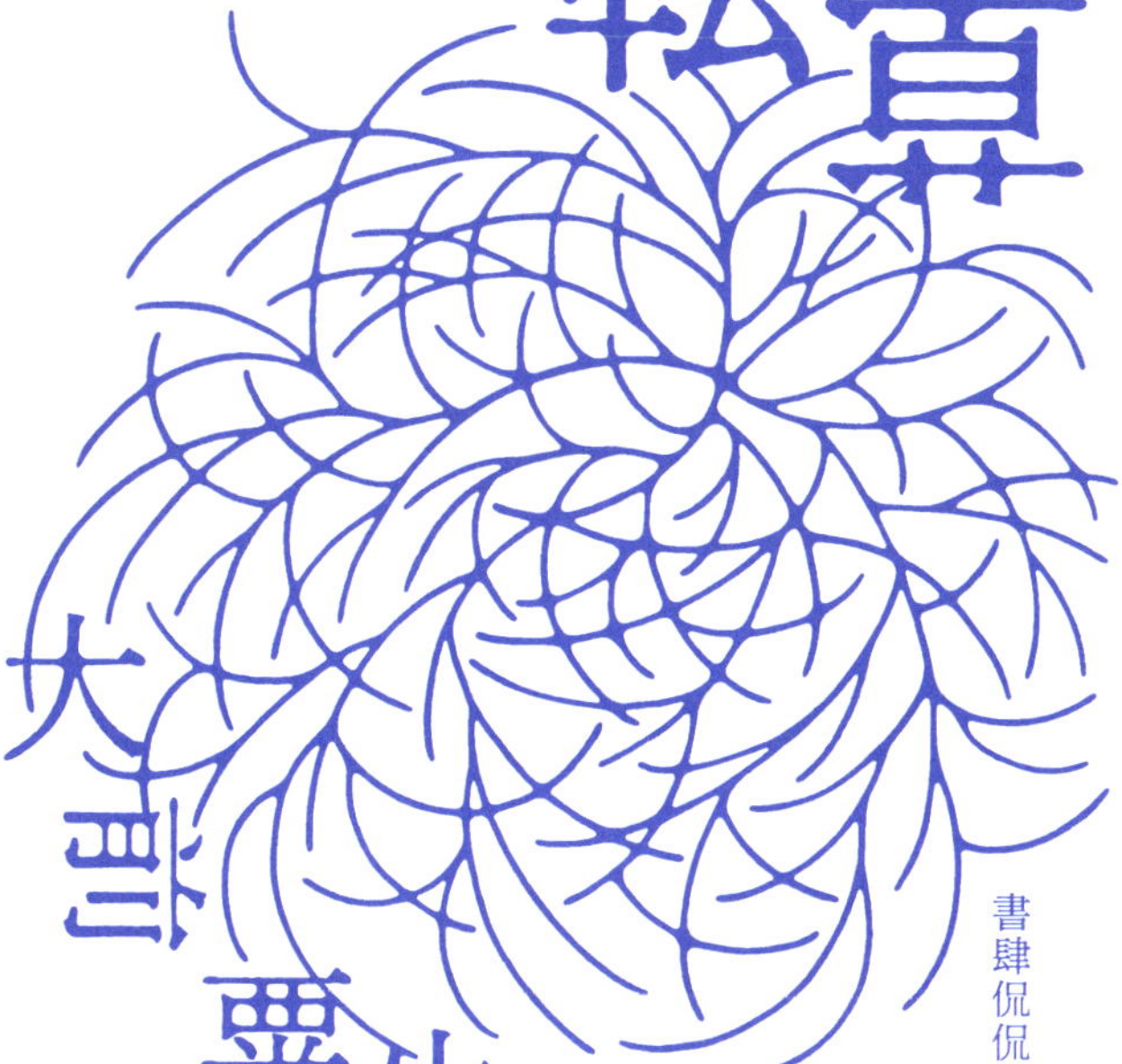

大前粟生

書肆侃侃房

回転草＊もくじ

回転草　5
破壊神　21
生きものアレルギー　39
文鳥　79
わたしたちがチャンピオンだったころ　107
夜　117

ヴァンパイアとして私たちによく知られているミカだが —— 143
彼女をバスタブにいれて燃やす —— 153
海に流れる雪の音 —— 169
よりよい生活 —— 191

装幀・装画　惣田紗希

回転草

静まりかえった西部で寂れた酒場がセピア色に変色している。酒場の前の通りでふたりの男が互いに背を向け歩き出す。一歩、一歩、無言で距離をとる。時間が止まった音がする。額から汗が滴る。息をする音が漏れると、男たちは振り向きながら腰から銃を抜き、撃つ。一瞬の後、ひとりが再び振り返り、荒野に向かって歩き出す。残されたガンマンは立ち尽くすが、数秒後膝から崩れ落ちて、地面に倒れる。乾いた熱風が吹き、西部劇お馴染みの絡まった球体の枯れ草――僕だ――が虚しく転がる。画面は変わり、揺らめく夕日に向かって歩く勝者を映し、暗転。エンドクレジットが流れる。僕の名前もある。今週の〈大西部の激怒〉はこれで終了。早く打ち上げにいってビールに折れた茎ごと浸かりたい。やっと視聴者感謝月間が終わったわけだ。公開生放送なんてもうやめてほしい。でもまあ、新人の回転草に一発勝負を任せられないっていうスタッフの気持ちもよくわかる。けれど、スタッフは転がる僕を回収することをしたたか忘れ、僕は種子をまき散らしながら転がり続ける。リハーサルの四時間前からスタジオ入りしてたんだ、熱風を浴び続けて腹の調子があまりよくない。僕はそのまま舞台セットを抜けていく。一応この業界の大御所だから、だれも引き留めてくれず、僕は外に出てしまった。

夏だ。アスファルトが僕の腹を焼く。早くトイレに駆け込みたいが、昔から僕は風と相性が悪く、車道に運ばれてしまう。しかも高速道路だ。いや、その点はだいじょうぶ、心配してくれてありがとう。僕は画面越しに見るよりずっと大きな体をしているから、車なんかに轢かれやしない。渋滞にはまっているから、轢かれたところで、手足が数十本なくなるだけだ。僕のうしろにいる車の運転手は最初クラクションを鳴らすが、前にいるのが僕だとわかると、おそらく車内で少し逡巡したあと、車から降りて、僕にサインを求めてくる。断ればあとでＳＮＳになにを書かれるかわかったもんじゃない、僕は笑顔でサインに応じてやる。すると、僕が気さくなことに付け込んだ他のドライバーたちも道路に出てきてしまい、ますます渋滞が深まっていく。おいおい、ここを『南部高速道路』にするつもりかい？　なんていっても、みんな反射的にへらへらするばかりで、きっとコルタサルのことなんて知っていやしないのに、ここは中部ですよ、ってツッコむこともしない。取り巻きの連中やスポンサーたちといっしょだ。なんであれ言葉が僕の口から出て、それが自分たちに向けられているというだけで、黄ばんだ歯をかがやかせるんだ。けれど事態は深刻だ。人の群れが僕を取り囲んで、僕は身動きひとつできなくなってしまう。このまま、ここで漏らせっていうのか？　一か月ずっと便秘してたっていうのに？　と、隕石が落ちてきて、人間たちもろとも、風圧によってやたらめったら飛ばされ、いつしか僕はスーパーマーケットの前にいる。助かった。あの隕石のことはよく知っている。〈アルマゲドン〉のときはまだほんの端役だったのに、最近じゃ引っ張りだこだ。忙しい合間を縫って僕を助けにきてくれたんだ、あとでパフェでも奢ってやろうと思いながら、トイレを使いにスーパーのなかに入ろうとするが、自動ドアが反応しない。開かない癖に、ドアからは店内の強烈な冷房が漏れている。寒暖差で腹は限界である。スーパーの前に糞尿が落ちているのはよくあることだ、お尻を拭く草ならここにある、そう諦めかけていると、幼い子どもが通りかかる。子どもはショッピングカートを返しにきていたのだが、僕はそのショッピングカートに乗せてもらい、保護者の車のところまで連れていってもらう。すると、車から降りた母親が騒ぎ立てる。この僕が誘拐？　この女は僕のことを知らないみたいだ。よほどの田舎まで飛んできてしまったらしい。いつもの決め台詞――「びゅううう（風に吹かれる音）」――とサインをしてやることで、ようやく母親は僕がだれか気づき、有無をいわさず彼女は僕をダクトテープで車の屋根に縛り付け、家に連れていく。隕石の影響で道路がひび割れていたから振動が半端ではなくて僕はいよいよ漏らしそうになったが、避難をはじめた市民たちが救いを求めて僕に手を伸ばしてくるのを見て気を引き締めた。神妙な面持ちで、一本、また一本と僕の体を分け与えていった。少しでも彼らの拠り所になればいいのだが。

彼女とその息子の家に着くまでに、僕の体はもう半分ほどになっていた。ダクトテープを剝がされるときにさらに減った。不幸中の幸いというべきか、小さくなったおかげで、僕は玄関もトイレのドアもすんなりとくぐることが出来、至福に身を委ねることができた。僕の黄金といっしょに体の一部が取れて詰まりそうになったが、まだ彼女たちは近い未来に水が貴重になるかもしれないと想像できていなかったので、何度も水を流すことができた。リビングにいくと、電気が点されていない部屋のなかで、子どもが至近距離でテレビを見ていた。女がそうしたのだろうか、消音にしてあって、子どもは画面から放たれる空の崩壊の色や炎の赤色を顔に浴びている。僕は音を立てないように椅子に腰かけた。女がキッチンから三人分のアイスティーを持ってやってきて、テーブルに置いてこういった。

「あたしはエリカ」

「助けてくれてありがとう。僕の名前は――」

「知ってる。さっきサインしてもらったもの」

「しがないいいち回転草さ。あの子は？」

「ルカ。ねぇ、こっちにきてアイスティー飲まない？」子どもはテレビに見入っていて、母親に話しかけられたことに気づいていないようだ。「まったく、だれに似たんだか」

「父親は？」

「さっきから電話をかけてるんだけど……」

「きっと無事だよ」

「あなたは独身ね？」

「ああ、きょうは仕事があったからね。仕事がある日は、指輪を外すようにしてるんだ。いや、外すようにしていた、か」

「どういうこと？」

「いま、離婚調停中なんだ」

「ごめんなさい」

「いや、いいんだ。ある日、家に帰ると事務所の後輩が慌ててズボンを引き上げた、それだけだ」

「じゃあ、その人は人間ってわけ？」

「スパイ映画の主人公に、車とかバイクとか、あと携帯電話を盗まれるやつ、きみも見たことがあると思う」

「信じられない！　あなたみたいな男をそんな目に合わせるなんて」なにもいえなくなった僕を、エリカが見つめる。グラスから水滴が滴る。「暑くない？　エアコンが壊れちゃってるの」エリカはそういってTシャツを前にうしろにばたばたさせる。胸元が見えてしまう。エリカがアイスティーを手に取って、飲む音が鮮明に聞こえる。グラスに口紅がついている。エリカの首を汗が伝っていく。エリカがくちびるを舐める。と、車が庭の砂利を踏む音が聞こえてくる。「ルカ、パパ帰ってきた！」といって、エリカは息子と玄関へ向かう。僕はアイスティーをひと口飲み、エリカの夫にも聞こえるくらい大きな声で、「いやあ、助かりました。トイレを貸していただいて。じゃあ、僕はこのへんで」といいながら立ち上がるが、僕が出ていく前に、エリカに支えられながら男がリビングに入ってきた。怪我をしているようで、顔の左側面を手で隠している。男が僕を見ていった。

「綾小路」

怪我のために、僕は男がだれだかわからなかった。だが、僕の本名を知っている男の声には聞き覚えがあるような気がする。「おれだよ」と男がいって、右腕を曲げた。こんなに右肘が汚い男を僕はひとりしか知らない。

「ケン」

僕の声は震えていた。まさか、こんなところでケンと会うことになるなんて。

「えっ、知り合いなの？」エリカが、棚から出した消毒液を手に持っていった。

「ああ、同じ大学に通ってたんだ」ケンが顔から手をどける。ルカが顔をかがやかせながら血を触ろうとするが、エリカがルカの柔い手をはたく。消毒液を含ませた布を、エリカがあてていく。ケンが悶絶する。「おい、だいじょうぶか」と僕がいう。「腕も怪我してる。おれの茎で縛るか？　丈夫なの知ってるだろ？」だが、ケンは「いらねぇよ。そんな雑菌だらけの草なんか」という。「まだ、あのときのことを根に持ってるのか？」僕には根がないけれど。「なんでここにいる」「さっきもいっただろ。トイレを借りてたんだ」「へぇ、わざわざこんなとこまできて？」「なにがいいたいんだよ」

「ふたりとも、やめて」とエリカがいって、もう一枚の布でケンの二の腕を縛った。「あんたちのあいだになにがあったかは知らないけど、ふたりとも疲れてる」

「喧嘩してるの？」とルカがいうと、少し間を置いて、「悪い。隕石が落ちてきて、気が立ってたんだ」とケンがいった。「こいつとは演劇部でいっしょで、入部したての頃はおれの方が注目されてたんだが、ちょうどおれたちが二十歳になった頃かな、こいつの手足がだんだん植物化してきて、片やおれは人間のまま。役者としての差がついていくのに耐えきれなくなったおれは演劇部をやめた。よくある話さ」エリカが「ちょっと」といって牽制した。「わかってるよ。もう昔の話だ。せっかく会えたんだ。しばらくゆっくりしてけよ」立ち上がってリビングを出ていくケンの目が、余計なことはいうなよ、と僕にいっていた。

まだ夕方だったが、空は隕石で割れたところを中心にして闇を吸い集めていて、僕たちは早々にねむることになった。毛布代わりのビニールシートを受け取る前に、食糧や水を集めた方がいいと僕は提言しようとしたが、僕が仕切るのをケンもエリカも好まないだろう。

まさか僕の排泄事情のために隕石が落ちてくるなんて思わなかった。この家にくるまでに見た人びとの光景が浮かぶ——子どもの名前を泣き叫ぶ母親、コンクリートの割れ目に呑まれて潰れていく人、恋人と抱擁した途端に岩が飛んできて即死した男。心のどこかで、これは撮影なんじゃないかと思っていた。だれかが宇宙に飛び立って、隕石の猛襲を食い止める。被害は最小限に抑えられ、人びとは過剰な消費ではなくて目の前にある命と朝焼けを見つめながら歩き出す。エンドクレジットに僕の名前もある。そして人びとは劇場を出て、微かな興奮のままねむりにつき、起きるときのう見た映画のことなんか忘れ、退屈な生活をはじめていく。でも、そうじゃない。夜のあいだずっと、目のなかには炎があって、ビニールシートを体に巻いて窓の外を見ると、いつも目障りだった電波塔が影ごと消え去っていた。

一睡もできないまま朝になった。玄関を開けると小鳥の鳴き声が聞こえてきて、雑草の隙間にいる虫をついばんでいた。空は絵の具でローラーをかけたくらい青くて、空気からは澄んだにおいがする。風がなかった。僕は叫びたくなった。泣きたくなった。なんだよ、これ。世界は僕たちが死んでいくことなんかどうでもいいみたいに穏やかだった。たばこのにおいがして振り向くと、ケンが玄関に立っていた。

「見ろよ、ケン」そういうだけで、ケンは僕がいいたいことがわかったみたいだった。「だがここも、直に都心からパニックがやってくるさ」ケンがいいながら近づいてくる。「そうなったら、どこか避難するあてはあるのか?」「さあな」「よかったら、僕の別荘にこないか? 島にあるから、渡れさえすれば安全だろう」「死んでもごめんだね」「おい、あんまり近づくな。引火する」ケンがたばこを捨てて、胸ポケットを探ったが、たばこの箱は空だった。手のひらで箱を握りつぶすと、ケンは庭にとめてある車に向かった。「どこいくんだ」「たばこ取るだけだ」フロントガラスに蜘蛛の巣状の亀裂が走っていて、血の手形でまみれている。「怪我はどうだ」「たいしたことねぇよ」ケンが新しいたばこに火を点けた。「近づくなって」そういうと、昔が思い出されてきた。よくケンは僕の隣でたばこを吸っていた。ケンが僕に肩を埋めるせいで、あの頃の僕は今よりずっと歪な球体だった。ケンが帰ってから、鏡でそれを確認するのが楽しみだった。ケンの体温が僕の一部になっていた。「怪我、見せてみろよ」僕の体は、思い出を再生しようとするようにケンに触れようとしたが、ケンは後ろに飛びのいた。「おれには家庭があるんだ。おまえだって、結婚してるんだろ」僕の先端がたばこの灰で焦げていた。

僕はエリカとルカが起きてくる前に出ていこうとしたが、リビングに落ちた草を集めているとエリカに止められた。「回転草ひとりで出歩くのは危険すぎる。すぐにばらばらにされちゃう。こんなときだもの、男手は多い方が助かる」おそらくエリカは、僕とケンが昔の仲に戻ることを望んでいるのだろう。だが、そうなってしまえば、一番悲しむことになるのはエリカだ。食糧や水は、僕が心配する必要はなかった。充分過ぎるほどあった。ダクトテープを常備しているような家だ。それに、僕は少量の水があれば生きていける。僕はその日から、庭で寝ることにした。「せっかくビニールシートを用意してもらって悪いけど、僕は自然に近い方が性に合ってるみたいだ。それに、見張り役にもなれる」

日数が経つにつれて、僕は夜だけでなく、日中もずっと外にいるようになった。「枯れないの?」とルカが心配してくれたが、僕はもとから枯れ草だ。

ケンはあまりいい顔をしなかったが、エリカとルカに僕の体で帽子を編んであげた。調整を間違えた帽子を目深に被りながらエリカがいった。「あれでもね。ケンはあなたに会えてよろこんでるよ。おいしくなると思って、水に話しかけてるの。ねぇ、ルカ？」ルカが緑色の象のじょうろで、僕に頭から水をかけてくれた。

ルカがときどき僕の上で昼寝することもあった。はじめの何日かは連続したが、僕に慣れてしまうとルカはもう映らないテレビの前に戻るようになった。真っ黒の抽象絵画を鑑賞するようにテレビを見つめるルカをケンがうしろから抱きかかえる。子どもを演じるように足をばたつかせ、明るく叫ぶルカを頭に被るようにしてケンは持ち上げ、両肩の上に座らせる。腕は全快したようだが、顔にはまだ傷跡が残っている。ルカの柔らかい手がぺたぺた触る。はっきりいうと、僕はその光景が憎かった。目をそらさずにじっと見ていた。僕にはだれかを肩車することなんかできない。肩ってどこだ？　妻とのあいだに子どもはできなかった。

僕は完全に回転草になってから、せめて少しでも人並みでいたいと、ケンになにもいわずに妻と結婚した。ケンに悪いことをしたとは思わない。ケンにはすばらしい家族がいる。だが、その結婚は妻にとっては失敗だった。僕にとっては失敗だった。

僕は待っていた。風が吹くのを待っていた。ずっと空を見ていた。平穏な日々がつづくなかで、僕だけが、また崩壊がくるのを待っていた。

家から笑い声が聞こえてくる。僕が聞いたことがないくらい快活に、ケンが笑っている。家庭の光が漏れてきて、僕に染み込んでくる。これから先、僕がこの光を直に浴びることはない。妻と笑い合うこともない。僕が酒に溺れただけだ。妻はなにも悪くない。僕が後輩と寝ているところを見ても、妻は僕の妻でいようとしてくれた。僕のために、酒瓶をぜんぶ割ってくれた。僕は割れたガラスを草のなかに隠しながら妻を求めた。妻を傷つけた。取り返しがつかないほど。接近禁止令が出ている。島の別荘は差し押さえられている。撮影所を抜け出したのはわざとかもしれない。だれも探しにこない。僕はひとりだ。窓越しの笑い声が僕に殴りかかってくる。あいつらは、僕がもう決して得ることができないものを持っている。幸せそうに笑っている。

夜中になって、皆ねむったあと、びゅううう、と風が吹いた。無数の黒い影がこっちに向かってくる。回転草だ。道々で飛ばしてきた種子が大きくなった、それだけの時間が過ぎていた。回転草たちは庭までやってくると、円になって僕を取り囲み、輪っかにした縄を締めるように僕との間隔を狭めてくる。締められる首は僕だが、殺されはしない。僕は手を伸ばし、僕の分身たちも手を伸ばし、絡まって、植物が触れ合う音だけを立てながら、ひとつになっていく。やがて、星ほどに大きくなった。なにもかもを覆い尽くせるほど大きい。なにもかもを潰せるくらい。

その状態で僕はじっと、隕石が落ちてくるのを待った。街から暴徒がくるのを待った。暴徒がきたら、僕が薙ぎ払ってやろう。隕石が落ちてきたら、僕はドーム状にこの家を覆って、ケンの家族を守ってやろう。ケンは僕なんかといっしょにならなくてよかった。

だが、隕石はこなかった。暴徒も、なにもこなかった。起きてきたケンたちが僕に話しかけたが、僕のなかには無数の回転草の意識が渦巻いていて、うまく喋ることができなかった。しばらく様子を見ることにしようと彼らは話しづけたが、なにも変わることはなかった。なにか対策が必要だと彼らが気づいたときにはもう、僕は喋ることを忘れてしまっていた。エリカが僕をナイフで裂いてみようとしたが、ケンがそれを止めた。雨が染み込んで重たくなり、雨が抜けきることがないほど大きい僕は動くことも、動かすことさえできず、言葉が言葉を連れてくるようにして草は自律的に絡まりを強め、回転草とは思えないほど硬くなった。

ルカが僕に登ろうとした。三分の一ほど登ったところで落ちて、左半身が麻痺してしまった。ルカの手にはじょうろが握られていた。ケンが僕に火を点けようとした。エリカは側で泣いていた。夫を止めようとはしなかった。僕は燃やしてほしかった。彼の手で殺されるのならそれでよかった。それがよかった。ケンは庭を砂利ごと蹴り、抉った。僕の目の前で、僕の体ででできた帽子が燃やされた。
彼らは出ていった。ひび割れた車が家とともに残された。僕はそれから、長いねむりに入った。

目の前には曲線の壁がある。うしろにもある。周囲にある。こっちを向いてへこんでいる。上を見ると青空が丸くなっている。だれかが僕を閉じ込めようとしている。僕をドーム状に覆おうとしている。なんのために？　もしかすると、博物館かなにかかもしれない。どのように紹介されるだろうか。世界一巨大なタンブル・ウィード。往年の名俳優。客たちが僕を見上げる隣では、僕が出演した作品が上映されている。静まりかえった西部で寂れた酒場がセピア色に変色している。酒場の前の通りでふたりの男が互いに背を向け歩き出す。一歩、一歩、無言で距離をとる。時間が止まった音がする。頭上で溶接されていたコンクリートの破片が落ちてきて、僕に突き刺さる。隕石とはほど遠い。

破壊神

レイナにはそろそろ眼鏡が必要かもしれなかった。景色も、学校も、ソウタの部屋さえもぼやけて見えていたが、レイナはそのことに気づいていなかった。生まれてからいままで、レイナの目はずっと生で、剝き出しだった。

ソウタの家は暑かった。もうすぐ夏休みだった。外はまぶしさで白っぽくなっていた。陽炎でゆれ動いていた。ソウタの家にはエアコンがなかった。レイナは勝手に扇風機のスイッチを押した。

「それ。こわれてる」とソウタがいった。

レイナは下敷きで自分を扇ぎ、水筒のお茶を飲みながらその場でひと周りした。ソウタの家はひと部屋だけだった。部屋の隅に畳まれていない服が寄せてあった。足元を虫が十八匹、等間隔に列になって横切ったが、レイナにはなんの虫かわからなかった。小さいコーヒー豆みたいな大きさとかたちで、コーヒー豆みたいな色をしている、ザウテルシバンムシだ。トイレがないのかもしれないと思って、レイナはお茶を飲むのをやめた。

水筒を床に置いていたランドセルに入れて、顔を上げると向こうの壁に長方形で灰色のレイナの体くらい大きいなにかがあった。冷蔵庫だ、とレイナの直感は働いたので、レイナにとってそれはもうずっと冷蔵庫だった。

「やましたくん、貧乏だ」とレイナは私にささやいた。ちょっとうれしがっているような声だった。そのとき私はしゃがみ込んで、列を解きはじめたザウテルシバンムシを見ていた。ザウテルシバンムシは輪になって、その中心にひと固まりの埃があった。なにかの儀式みたいだったが、なにが起こるわけでもなかった。ザウテルシバンムシも、埃も、動かなかった。

これ、古い本をたべる虫だよ、と私がいうと、レイナは「うっわ」といった。

目の端でソウタを見ると、なにかいいながら窓の外を指さして微笑んでいた。ソウタの首が人形のようにぐるんと回った。レイナを見て口角を上げた。

「ね?」とソウタがいった。「ソウタの話ほんとだったでしょ。ソウタとレイナちゃん友だちだね。ずっといっしょだね」また首が回って、窓の外を見た。

「え」とレイナはいった。レイナはソウタの話を聞いていなかった。ソウタのひとさし指の向こうを見ると、窓の外に歩道橋があった。その上をいくつも転がっているものがある――回転草だ。

「ぎゃああああああああああああああ」レイナは叫んだ。涙ぐんだ。ソウタの手を取ってぴょんぴょん飛び跳ねた。

壁が叩かれる音がした。アパートの隣の部屋に住んでいる知らないひとが壁を叩いていた。それに気づくと、レイナは口を塞いでしゃがみ、くすくす笑った。少し遅れてソウタもしゃがんで、くすくす笑った。

「かっこいい〜」とレイナはささやいて、何度かそういって、落ち着くと、私を見た。

「アオちゃんも回転草見なよ」とレイナはいった。

私はうなずいて、それだけだった。目を戻して、ザウテルシバンムシを見続けることを再開した。私の背後に、レイナが冷蔵庫だと思っているものがあった。それは冷蔵庫ではなかった。それは冷蔵庫というより、長くて大きい灰色の舌だった。それがソウタの家の壁に架かっていた。舌の表面から灰色の腕が無数に生えていた。お互いに絡まりながら花のようにひらめいて私を手招きしていた。腕も灰色で、全体として見ると冷蔵庫くらいの大きさと分厚さがあったので、視力の悪いレイナが冷蔵庫と見間違えるのも無理なかった。でもソウタは？　ソウタはあれと暮らしているわけ？

今日の昼休み、レイナが中心になって、クラスのみんなで、好きな回転草はだれか、という話をしていた。そんな話は飽きるほどしてきたが、レイナは改めてしたくなった。

机の上には『月刊 回転草』が広がっていて、ブランドものの服に身を包んだ回転草の集合写真が見開きで載っていた。豹など、毛皮を着ている回転草が一番多かったが、なかには服を着ていない回転草もいた。

この世界には膨大な数の回転草がいて、それぞれグループやソロで活動している。回転草たち全員が集まることはめったになかったからその号の『月刊 回転草』はレイナにとって必読だった。全員を枠内に収めるために写真は遥か上空から撮影されていて、真上を向いた回転草のひとりひとりは米粒よりも小さく見える。レイナの推しは〈ファントムズ〉のパフォーマーのNAOMIだった。

〈ファントムズ〉は回転草のほとんどが所属する大手芸能事務所〈ライク・ア・フェニックス・ライジング〉のパフォーマンス&ボーカルグループで、メンバーはYUKA、TOSHI、AIRA、DIAMOND、B-T、そしてNAOMI。NAOMIは気に入らないことがあるとひとを殴ることでよく知られていて、実際にひとを殴っている動画をインスタグラムによくあげていた。

レイナは破壊とかそういうのが好きだった。

「急にテロリストが教室にきたらどうする？」レイナは授業中私に耳打ちした。

「前を歩いているひとの頭が急に破裂したらどうする？」レイナは登校中私にいった。「脳みそがさあ、こう、ぴゃーんって飛び散る」

「破壊神、ってタトゥーいれようかな。ふふ。ＮＡＯＭＩみたいに」

「世界滅亡しないかなあ」

「あした隕石が落ちてくる」

「レイナ天気あやつりたい。そしたらさあ、レイナ嵐のなかでＮＡＯＭＩと決闘するんだ」

「せーの」

レイナがそういって、それぞれ好きな回転草を指さした。レイナはＮＡＯＭＩを指さした。私は空中で指を蚊みたいにふらふらさせて、しばらくだれのことも指させなかった。

私はどうして私がいまこの瞬間ＮＡＯＭＩのことを指さしていないのかよくわからなかった。

私には好きなものがなかった。私がなにが好きなのかということを決めるのはいつもレイナだった。レイナが回転草のことが好きで、ＮＡＯＭＩのことが好きなら私も回転草のことが好きで、ＮＡＯＭＩのことが好きで、破壊とかそういうのが好きだった。レイナといっしょにひとの机をコンパスの針で傷つけたことがある。文字を書いて、それがひどいことばになっていくとレイナがよろこんだから私もよろこんだ。でも、このときの私はおかしかった。いままでの私じゃなかった。こんなことははじめてで、私は私がこわかった。私の指は寄生虫やエイリアンに操られるようにして勝手に動きはじめていた。ひとりぽつんと離れたところにいて、その方が最近ではお金になるというのに歌ったり踊ったりはせずに西部劇で転がったりしている昔ながらの回転草をまるで爆撃するように指さそうと急降下していた。レイナがださいと思っている回転草だ。レイナがそう思っているから、私もそう思っている。でも、私はこのひとを指さそうとしている。

「アオちゃん」とレイナがいったので、私は我に返った。ＮＡＯＭＩを指さした。

私とレイナのほかに、もうひとりＮＡＯＭＩを指さしているひとがいた。噛んだ痕がある、長い爪。よごれている。顔を見ると、ソウタだった。

「え、やましたくん」とレイナはいった。「ＮＡＯＭＩ推しなんだ」

当時、レイナとソウタはあんまり友だちじゃなかった。あんまり友だちじゃないひとが話しかけてきたので、レイナは身構えた。チャイムが鳴った。

「あのね」とソウタはいったが、レイナにはチャイムの音で聞こえなかった。

「あのね」チャイムが鳴り終わると、ソウタはもう一度いった。掠れた声だった。痰が絡まっていた。

「うん。なに」とレイナはいった。他のクラスメイトは自分たちの席に戻りはじめていた。

「ときどき回転草の話ソウタもしていい？」

「え？　いいけど？　別に？」

レイナは半笑いでソウタを見ていた。

ソウタと私たちは学校からの帰り道がいっしょだった。レイナはそのことを知らなかった。

私は眼鏡をしていたので、いつも私たちが帰るとき、道路の向こうをソウタが早歩きしていることに気づいていた。でも、今日に限ってソウタはゆっくり歩いていた。レイナに追いつかれるのを待っていた。

「だれ。だれだろう。だれ？」とレイナは私にいった。

私はどきどきしていたし、ほっとしていた。私はあのださい回転草を指ささなかったが、指さしている私がどこかにまだいるような気がしていた。たとえばそれは私の体のなかにいて、私の皮膚の内側と外側を分けるぎりぎりのところに潜んでいるような気がしていた。だれかな、と私はいった。

レイナが通り過ぎるときソウタの顔を見ると、同じタイミングでソウタが首を回してこっちを見た。

「あのね」とソウタはいった。「生で回転草みたことある?」

「は?」とレイナはいった。「レイナ、ライブお姉ちゃんといったことあるんだよ」

クラスのなかで回転草のライブにいったことがあるのはレイナしかいなかった。そのことをいって、うらやましがらせるのがレイナは好きだった。

「そうじゃなくて」とソウタはいった。「ふだんで。ふだん、見たことある? ないでしょ」

ソウタがレイナの顔を覗き込んだ。レイナは反対側に首をひねって、ソウタに後頭部を向けた。レイナがいらいらしてる!

レイナは黙っていた。レイナが黙っているから、私はいつもより黙っていた。

「ねえ、レイナちゃん?」とソウタがいった。

私とは一度も目が合わなかった。

いつまでもレイナは黙っていた。それなのに、ないよね、と私の口が代わりにいっていた。

「は?」とレイナがいった。

「ないんだ! レイナちゃん回転草を生で見たことないんだ!」とソウタがいった。

レイナはソウタに返事をせず、舌打ちをして、私の顔をじっと見てきた。私は目をそらして、空気みたいになろうとして、やっぱり思い直してレイナの目を見た。あしたになったら、私はレイナの友だちじゃなくなってるかもしれない。あしたになったら、私はレイナには見えなくなってるかもしれないから。

「レイナちゃん、ソウタと友だちになってくれる？　そしたら教えてあげてもいいよ。生で回転草が見れる場所」とソウタがいった。

「どこ」

「ソウタと友だちになってくれる？」

「それどこなの」

「ソウタの家」

「うそ！」

「だれも家に入れちゃだめっておかあさんにいわれてるんだけど、おかあさんが帰ってくるまでだったらいいよ。レイナちゃんがソウタの友だちになるんだったらいいよ」

「うそつかないで。レイナ今日いそがしいんだけど。大学生のいとこがレイナに会いにくるんだけど。ひとり暮らししてるんだよ、シブヤで。泊めてもらったことある」

「ほら、ここ」とソウタがいった。「ここ右に曲がったらソウタの家があるよ。レイナちゃんちはまっすぐでしょ」

「なんでレイナの家知ってるの」

「ソウタと友だちになる？　友だちだったらソウタの家にくるよね？　回転草が見れるよ？」

「……やましたくんの話がほんとだったらね。ほんとだったら友だちになってあげる」

交差点をレイナが右に曲がると、その隣でソウタが「ぼく」といった。「ぼく、やましたじゃなくてやまもとだよ」といった。そうなのだ。私は彼の名前がやましたくんじゃなくてやまもとくんだということを知っていた。だって去年、レイナは、私たちは彼を傷つけていて、それを先生と親に隠すために、彼が机のコンパスの針の痕に消しゴムのカスを詰めていたのを、レイナは忘れていて私は覚えている。忘れない。復讐されるのかな。

私はふたりが二列に並んでいるうしろをひとりでついていった。

「アオちゃん、おいでよ」とレイナがいった。

その隣でソウタが笑っていた。

窓ががたがたゆれた。風が吹いたから、回転草たちは速度を上げて歩道橋の柵にぶつかりつづけているのだろう。

「ぎゃあああ――」

レイナは口を塞いだ。またしゃがんで、ソウタとふたりでお互いの両手を結び合った。よかった。レイナの機嫌がよくなった。

「おへそ」とレイナがいった。「いま回転草のおへそが見えた。まじでやばい。はぁ。死ぬ。あんなとこでなにしてるのかな。ころがる練習？　だれなんだろう。回転草にしては小さい。かわいい〜。あたらしい研修生かな」

レイナとソウタはもっと近くで見るためにベランダに出て、柵から落ちそうなほど身を乗り出した。

ふたりの声はなにも聞こえなくなった。窓は閉じられていた。窓が開いたときに足元の埃は飛んでいって、それを追いかけるようにザウテルシバンムシたちもどこかへいってしまった。静かだった。部屋のなかには、私と、私のうしろの灰色のなにかのふたりだけだった。私は振り向いて、一瞬で首を戻した。大きな舌が先端にくさそうなよだれのしずくを膨らませながら微かに震えていて、腕という腕が尺取り虫みたいにぐねぐねと動き、ほかの腕を伝い合って、私に向かって伸びてきていた。私はもう二度と振り返らないように、蟹みたいに横歩きしながらふたりの方へ向かった。

　ベランダには埃と髪の毛が川みたいな線になって溜まっていた。元がなんだったのかわからないプラスチックの破片が落ちていた。

　やまもとくん、と私はいった。あれ、なんなの、あれ。

「ほら、見て〜」とレイナが振り向いて私にいった。レイナの目には、私と、窓と、私と窓越しのあれが映っていると思って、私はレイナの顔がどこかにいくまで目をぴゃっと閉じた。

　目を開けると、あ、と思った。私の目には、レイナとソウタが見ている歩道橋が見えていた。その上をいくつも転がっているものがある。あれは、回転草なんかじゃない。ビニール袋だ。

　柵から身を乗り出して、もう一度よく見てみた。やっぱり、ビニール袋だ。ふたりとも見間違えている。

「うふふふふ」と私の隣でレイナがいった。

「ソウタもおかあさんも、今日は回転草見れるかな、見れたら今日はいいことがあるねって、まいにちいってるんだ」とソウタがいった。

「かっこいい〜」とレイナがいった。その横でソウタはレイナのことを見ていて、すごくうれしそうだった。ソウタの顔を見ていると涙が出てきそうになった。涙が出て、それで心配される権利は私にはなかった。顔面に力を入れて、ごきゅごきゅと体内の管を鳴らしながら涙を胃のなかに戻すとお腹が痛くなった。

私は、ほんとだー、といった。

「ソウタねえ、将来回転草になるのが夢なんだ。まいにち朝と夜に二十回ずつでんぐり返ししてる。レイナちゃん、みる？」

「ええー。みたいかも」

ふたりが部屋に戻ってしまった。うしろから、ひとがでんぐり返ししている音が聞こえる。しばらくすると、それはふたつに増えた。レイナもしているのだ。私は心のなかで十秒数えて、十秒経ったら、わたしもする、といおうと思った。なるべく、うしろに聞こえるように。あれに、私がこれからでんぐり返しするということが聞こえるように。深呼吸を何回もして、何分も経ってから、わたしもする、と私はいった。

私はでんぐり返しするのだから、あやしまれることなく、さりげなく眼鏡をはずすことができた。きっと長方形の灰色は、すごくぼやけて見えることだろう、そう思った。けれど、明確に見えた。見てしまった。私を嘲笑っていた。いないいないばあするみたいに、花びらのかたちにまとまった腕たちが開いては閉じ、開いては閉じていて、その度によだれの糸がひいた。

レイナちゃん、と私はいった。やまもとくん。ごめんね。ごめんなさい。ごめんなさい。

ふたりはよく転がれるように風の音を口にしながら回転していた。

「びゅううう」

私は帰ろうと思った。ひとりになってしまうけど、ここにいるよりましなのかもしれない。でも、帰れるわけなかった。あしたも学校がある。回転するレイナが近づいてきた。

私のそばを通り過ぎるとき、レイナは回転しながら私の手を摑んだ。

すぐあとに、ソウタも同じようにした。

私はふたりの手をほどけなかった。勢いに負けて、私はくず折れ、床に額をつき、でんぐり返しした。何度かでんぐり返しした。すると、ふらふらした。景色はぜんぶ回転していた。私に把握されないように蠢いていた。私以外のものが私をころばせようとしていて、私はこけた。立つことができず、何度もこけた。顔から床にこけた。吐き気がしてきた。苦しかった。私は産まれたての生きものみたいだった。

窓の外を見ると夕方だった。雲はないのに雨が降っていて、アスファルトに打ちつけられたビニール袋はもう転がることができなかった。車に轢かれた死体みたいだった。夕陽は血みたいだった。血みどろで、血だまりだった。その色が、いつまでも伸びてちぎれないほつれ糸のようにして、太陽からこの部屋まで届き、あの長方形を染め上げていた。わらわらわらわら、と腕たちが騒いでいた。私はまた見てしまった。雨粒と雨粒が触れ合ってくっつくように腕たちがかたちを成しはじめた。腕たちがぐるっと丸みの帯になって目をつくった。そこから瞳の部分が消えて口になった。しだれて髪をつくった。束になって脚になった。束になって胴体になった。それらを舌がくるんでたべてしまった。舌のなかであたらしい体ができる音がしはじめた。コフゥウ、と蒸気の音を立てた。上下に膨らんでしぼんだ。膨らんだ。しぼんだ。私の心臓もそうだった。動いていた。音を出した。どんどん大きくなった。輪郭いっぱいに押し上がってきた。破裂しそうだった。私はしんどくなって、窓を開けてベランダに吐いた。地獄だと思った。地獄だ、と声に出した。するとすべてのことに納得がいった。ここは地獄なんだ。私はずっとここにいたんだ。だから、私はこんな私なんだ。

嫌だ。

ここから出ていきたいと思った。

びゅううう、と私はいった。大声でいった。そして転がって転がって、もっとしんどくなろうと思った。そうしたら、私は、地獄の深いところにまでいけるかもしれない。目に見えるものがぐちゃぐちゃになりすぎて破裂するくらい転がったら、私に見えてくるかもしれない。

地獄の破れ目が。

びゅううう、と私はいった。びゅううう、と私は叫んだ。びゅううう。びゅううう。

びゅううう。

生きものアレルギー

いままでこの学校で、教育実習生が全校集会で紹介されることはなかった。いつの間にか、ちょっと若い大人がきて、いつの間にか帰っていくだけだった。でもヒナタは紹介された。ただの教育実習生ではないヒナタがこの学校にやってくるのははじめてだったから、ハルたちだけじゃなくて先生たちも気になっていた。

みんな体育館に集められた。まず校長先生が話した。校長先生はひどいアレルギーのために足元まで鉄の直方体を被っている。声はぜんぜん聞こえないから、校長先生は鉄の内側を叩いてモールス信号で話した。なにをいっているのかハルにはわからなかったけれど、全校集会で長話しするのが校長先生の役割だった。長いこと単調に鉄を叩く音に、何人もの生徒がまどろんで、ハルが紙袋のなかに鼻ちょうちんを作ったとき、校長先生の隣にはすでにヒナタがいた。

ヒナタは思っていたよりも小さかった。ＣＭで見たときにはハルの肩から指先くらいの大きさだと思っていたけど、実物はハルの手のひらくらいだった。技術は日々進歩しているんだ。ヒナタはマイクを持つのも大変みたいで、他の先生が校長先生の体にマイクを立て掛けた。でもヒナタは喋らなかった。

　喋るのがあまり上手じゃないとか、そういうことではなかった。電源が点いていなかった。しばらくの沈黙のあと、校長先生がまたなにか言葉を叩き出した。大方、緊張してるみたいだね、とかなんとかいっているのだ。

　全校集会が終わると、ハルたち五年三組はヒナタを横たえて、天高く持ち上げて、お神輿や棺桶みたいに教室まで運んでいった。ここは田舎の小学校で、みんなヒナタを扱うのも見るのもはじめてだった。みんながめずらしがってヒナタをべたべた触っている拍子に、電源が点いた。子どもたちの手の上は足場としてはぜんぜん安定していなかったけど、自律機能が働いたヒナタは手の上で無理やり体を起こして立ち上がった。すると組体操しているみたいになった。組体操には危険がつきもので、ヒナタは教室のドア枠に頭をぶつけ、その衝撃でハルたちがヒナタを落とし、ヒナタはもうそれきり動かなくなった。

「あーあーあーあー」とハルたちの担任の先生がいった。「新しく発注しないと」

　ヒナタは何人もいる。ひとり壊れても問題はない。ハルたちの税金が使われるだけだ。

　二番目のヒナタがやってくるまで、ハルたちはヒナタを歓迎する準備をすることになった。

「ハル」と先生がいった。そこそこ絵のうまいハルが黒板にヒナタの絵を描いた。そこそこ絵のうまい子はこういうとき絶対に絵を描かないといけないし、実際のところハルの紙袋にちゃんと目の穴が開いていることはみんな知っていた。絵だけではありきたりだったので、他にもなにかしたいなということになり、同じ班のウツミが「ＣＭのターザンは？」と震えた声でいった。ウツミだけじゃなく、ハルにもあすなろ様にとっても、ジャングルは班のみんなのあこがれだった。

ヒナタのＣＭはみんな見たことがあった。どの番組のあいだでも流れていたし、授業でＹｏｕＴｕｂｅを使うときにもほぼ必ず広告が流れてうっとおしかった。

災害救助――「ヒナタならどんな瓦礫の隙間にも潜り込めるのです！」

教育事業――「お子さまの愛国心、だいじょうぶですか？」

探偵事業――「あなたの左手、見つけさせてください」とかいくつかのパターンがある。

ハルたちがヒナタに再現してもらおうと思ったＣＭはなんの事業でもなくて、ただヒナタのかっこいいところを見せるだけのＣＭだ。イメージ広告っていうのかな、こういうの。

ひとりのお年寄りが横断歩道を歩いている。青信号が点滅し出すが、お年寄りはまだ半分も渡れていない。そこにヒナタが現れてお年寄りをおんぶする。ヒナタは小さいから、お年寄りの膝がアスファルトに擦れてすり減っていく。横断歩道を渡りきると、前を横切ろうとしていた子どもが手から赤い風船を離してしまう。ヒナタは風船を追いかけて野を越え山を越える。砂漠や密林のなかも通り抜け、太陽が照りつける海岸でついに風船を捕まえることに成功する。空は一面の青空だ。タクシーで親といっしょに駆けつけた子どもに風船を渡し、お年寄りを背中から降ろし、また次の人助けへと向かっていくヒナタの上には太陽があり、「ありがとうヒナタ」と人びとが声を揃えていうなかでパッと国旗が現れ、画面下部には字幕――〈この国の安心のために――HINATA3000〉

「そのCMのなかの、ヒナタがターザンみたいにジャングルの木々を飛び移るところをやってもらうのはどうだろう」ということで五年三組は合意した。「じゃあ、蔓を作ろう」

ハルは紙を切った。先生が用意してくれた画用紙は丈夫だけど長さが足りないんじゃないかと思って、習字の半紙の長いやつを切ったりした。それを天井にくっつけてもらった。それからハルは縄跳びをぶら下げようとした。他のだれも縄跳びを天井にくっつけていなかったから、ハルがつけたかったけど、接着剤が弱くて着けることができないし、紙袋を被っていて真上がうまいこと見えないから、ひとりだけ縄跳びを天井につけている子にならなくてほっとした。

たくさんの蔓状のものが天井からぶらさがっていた。特別なときしか使われない金や銀の折り紙が、細長く垂れる画用紙に、みんながヒナタを待ち望んでいたことを表すように少しの気泡もなくぴったり貼り付けられていた。

ハルはリレーをしていた。体育の先生はヒナタがいないことを残念がっていたけど、ヒナタはいても体育に参加することができないだろう。パッと見ヒナタは太陽光発電式の旧ヒナタではなかったし、バトンを渡す練習のときには、ヒナタからバトンを受け取る人は深くしゃがまないといけないからリウマチになってしまうかもしれなかった。

ゴールしたとき、ハルはこけた。擦りむいている。血に砂が貼りついている。熱のにおいがする。紙袋がへこんだ。空にはなにか、広げた手みたいな形の黒いものがあって、太陽を隠して、指の隙間から光が漏れている。上空から、黒いのがゆっくり降りてくる。モーター音が聞こえる。ドローンだ。新しいヒナタがぶらさがっている。グラウンドの砂をわずかに巻き上げて、新しいヒナタが着地した。

次の授業はなくなって、ヒナタを歓迎することになった。ヒナタはあすなろ様よりもテレビに出ている人だから、みんなちょっとそわそわしている。まずヒナタに教室をターザンしてもらいたかった。

「さあ」と先生がいった。「どうぞ」校長先生も見にきていた。「さあ」

ヒナタは教室の真ん中で紙の蔓たちを見上げていた。ハルたちは机をぜんぶ廊下に運んで、ハルたちの班は教室のうしろの、他の子たちと離れたところで体育座りして見ていた。

「はやくー」とあすなろ様がピンクの紙袋のなかからいうと、あすなろ様のファンクラブ会員の子たちが、あすなろ様の発言をメモし出す。

「ターザン」とだれかがいった。「ターザン」とだれかもいいはじめ、校長先生も体を叩き、先生もいった。

「ターザン」「ターザン」二組と四組の子どもが廊下に出てきた。

「ターザン」「ターザン」「ターザン」「ターザン」「ターザン」「ターザン」「ターザン」

墨汁をつけすぎた筆で殴り書きされたように言葉が膨らみ、滲んでいって、このままだと全校生徒が集まってくるんじゃないかとハルは思ったけど、そうはならず、一分も経つと言葉は疲れていって、文字が擦れるように消えていった。そして静まった。声で舞い上がったほこりが光のなかに落ちていく音が聞こえそうなくらい。ヒナタが膝を曲げて、真上に飛び跳ねた。

ヒナタは握った右手を天に突き上げながら飛んでいた。スーパーマンみたいだった。とても速くて、しかも小さかったから余計に速く見えた。ひとりの教育実習生というより、床から生えてきた隕石のような速さだった。ヒナタの跳躍はうまく調整されていて、ちょうど天井ぎりぎりにきたとき、一瞬、止まっているみたいだった。空を飛ぶことができているみたいだった。国家事業で作られただけある。ヒナタは目の前にあった蔓を摑んだ。その蔓は女子たちが髪の毛をよりあわせて作ったものだった。蔓がちぎれた。ヒナタは落下していきながらもう片方の手で別の蔓を摑んだけど、それもちぎれて、バランスを崩しながら落下していくヒナタが半紙を摑むと、ヒナタの形をした刃物がそこにあるみたいに白色が裂かれてささくれがぼわぼわと綿毛のように舞った。どんどん地面が近づいてくる。野生さながらの蔓に翻弄されるヒナタが頭から逆さに落ち、地面にぶつかろうかというとき、ヒナタがうしろ手に辛うじて握った、一本の束になった画用紙が命綱のようにヒナタの体を支えた。ヒナタはその蔓の反動で体を前後に揺らして助走をつけていった。蔓がきしんだ音を立てていく。角度がついていき、ヒナタはブランコに乗っているみたいに体を前に後ろに揺らしている。蔓ごとヒナタが床とほぼ水平の高さにきたとき、ヒナタは他の蔓に摑まろうと手を離す。サービス精神旺盛なヒナタは宙を泳いでいるあいだにドラミングする。でも力が強すぎて、胸が拳の型にへこんでしまう。ヒナタは距離感を失ってしまい、他の蔓に摑まることができない。さっきの蔓から飛んだ勢いのまま、黒板の上に設置された時計にぶつかり、教卓のうしろに落ちてしまった。その衝撃で、黒板に描いてあるヒナタの絵や各政府機関のロゴを構成するチョークの粉がこぼれ、花火の残骸のように色がヒナタの上に降りかかる。

ヒナタはまだ死んでいなくて、なんとか立ち上がろうとするけど、足を壊したみたいで、立ち上がってはこけ、立ち上がってはこける。何度もそれを繰り返す。ヒナタは足腰の弱い産まれたてのヤギみたいで、ハルはおかあさんの実家を思い出して心臓が痛くなった。

ヒナタが床にぶつかる音が教室に満ちていく。それを校長先生が鉄の体を叩くどんどんいう音が崩していく。校長先生のぎりぎり生の足首に水滴が伝っていて、ハルはこっそり紙袋を上にあげて、水滴を舐めてみた。校長先生の涙だった。くさかった。やっぱり、とハルは思った。校長先生はハルのおとうさんなのかもしれない。

「がんばれー」と先生たちがいう。

「がんばれー」「がんばれー」子どもたちが叫ぶ。

「がんばれー」「がんばれー」「がんばれー」と、時計が頭上に落ちてきてヒナタが動かなくなる。元気いっぱいのヒナタだった。

ハルは家に帰るとひとりなので、紙袋を外して名探偵コナンをずっと見る。もう、何巡も見ていて、そのうちディスクが回転しすぎて発火してしまうんじゃないかと思う。コナンくんは人がたくさん殺されるから好きだ。

夜になると、ハルは下校中に買ってきたお弁当とカロリーメイトを食卓に並べる。ハル用の動物の死体抜きのお弁当と、おとうさん用のカロリーメイトだ。おとうさんがいつ帰ってきてもいいように。

ハルは今日もコナンくんを流しながら、ずっと食卓に座っている。ハルは自分の分のお弁当をたべると、カロリーメイトをガラスでできた筒のなかに入れにいく。今日もおとうさんは帰ってこなかった。いつおとうさんが帰ってきても大丈夫なように、ハルはいままでのカロリーメイトをぜんぶ、家のあらゆる家具より大きい、筒のなかに仕舞っている。ガチャガチャのカプセルを開けるみたいに、筒のつなぎ目を取って、そのなかに。

透明な筒は、半分ほどがカロリーメイトでいっぱいになっていて、底の方のカロリーメイトは押し潰されて、腐っているかもしれない。つなぎ目がたくさんある筒は蟻の巣のようにして、家のなかを縦横に、斜めに、天井や床を突き抜けて走っているけれど、それは蟻の巣ではなくて、よし子さんの巣だ。けれど、よし子さんはもういない。ハルはいつも、筒のなかでねむる。

毎日毎日、筒のなかに入ってねむろうとするハルは、大きな試験管のなかに入れられた動物みたいだ。はーっと息を吐くと、ガラスが水蒸気で曇る。ハルはそこに、おとうさんの顔を描いてみる。きゅうりみたいな輪郭の上に、丸坊主の頭を乗せて。そこからがいつもわからない。おとうさんの目がどんなだったか、鼻がどんなだったか、口がどんなだったか、ハルにはよくわからない。覚えていないというわけではなくて、本当に、おとうさんの顔はよく見えなかった。

ハルのおとうさんは生きものアレルギーで、顔にゼリーの立方体を被っていた。それは赤黒くて、ゼリーというより魚の煮凝りみたいだった。立方体の枠はしっかりしていたけれど、中身のゼリーは耳のなかに入ってくるくらいずくずくで、いつもおとうさんは顔だけがぐにゃぐにゃ揺れていた。

ハルがまだ小学校に上がる前、この家にはおかあさんがいた。おとうさんがいた。よし子さんがいた。よし子さんはハルの一番の友だちで、大蛇をしていた。家を駆け廻るガラスの筒がよし子さんの巣で、よし子さんはそこから出てこられなかった。よし子さんに触れると、おとうさんのアレルギーが悪化してしまうかもしれなかった。

おとうさんがアレルギーになったのは、ハルが生まれたときだ。ハルには双子の姉のはなちゃんがいて、はなちゃんは生まれてこなかった。ハルだけが生まれてきて、おかあさんはもうだれも産めなくなってしまった。そのことが、おとうさんを傷つけてしまった。

おとうさんが３０００グラムぴったりのハルにキスしたとき、おとうさんの顔のたくさんの毛穴から、カブトムシの幼虫みたいないぼいぼが何百と生えてきた。それ以来、おとうさんは症状が悪化しないように、ゼリーの立方体を顔に被るようになった。お医者さんに用意してもらったのは、透明に水色な、清涼感のあるゼリーだったけれど、おとうさんは顎の向かいのところにある空気穴を広げて、こっそり手を入れていぼいぼを潰してしまうから、いぼいぼから血が出てゼリーが赤黒くなった。

おとうさんのいぼいぼは、ひとつ消えたと思ったら、またひとつ、ゼリーのなかに生えてきた。増えていた。おかあさんとよし子さんのせいだ。

あるとき、おかあさんは実家から大蛇のよし子さんを持ってきて、敷設した筒のなかで飼うようになった。

「さびしいのがまぎれるかなと思って」とおかあさんは、まだ紙袋を被る前のハルにいったことがある。はなちゃんが死んで、もうだいぶ経っていた。直接、ちゃんとハルの目を見ていったものだから、ハルは自分がいることはどうでもいいことなんだと思った。とはいえ、ハルはおかあさんのことが好きだった。服を年に一回まとめ買いしてくれる。本を読んでくれることもある。

おとうさんは生きものをたべることができなかった。野菜や果物も広義の意味では生きもので、たまに自分のゼリーをつまみ食いしたり、お菓子をたべるとき以外、おとうさんは点滴で栄養を補給していた。家のなかでおとうさんは杖のように点滴台を持ち歩いていて、点滴台の先端がよくガラスの筒にあたった。そのときは決まって近くでよし子さんがねむっていたから、おとうさんはわざとかもしれない。

夜、ハルとおとうさんがねむっているはずの時間になると、おかあさんは筒のなかに入り込んだ。筒と筒のつなぎ目を開けて、そのなかに体を詰め込むと、もう筒はおかあさんでぱんぱんになっているけど、向こうからやってきたよし子さんは、ヘビだけあって、おかあさんの腕と脇腹の隙間に入り込んで、先が二股になった灰色の舌でおかあさんの鎖骨を弄り、服の下に入っていく。おかあさんは身をよじり、筒がぎしぎしたわむ音とともに、よし子さんの肌を、鱗を掻き落とすように力強く撫でていく。ハルはよくその光景を、二階につづく階段のところで見ていた。ハルの前には、柱に隠れながら、ストレスでいぼいぼを潰しているおとうさんがいた。おとうさんはアレルギーが出てからおかあさんにキスできなくて、おかあさんはよし子さんとキスするようになった。
　おかあさんが仕事に出ているあいだ、おとうさんは自分の部屋でぼーっとしていた。水槽を観察するみたいに、鏡でゼリーの立方体を見つめていた。ハルは、おとうさんが駆けつけてきてくれるように、わざところんだり、泣いたり、テレビの音を最大にしたりした。でも、おとうさんはきてくれなかった。

　ハルは、筒のなかにうずくまりながら、ガラスに貼りついた蒸気にコナンくんを描いた。おとうさんよりずっとうまく描けた。コナンくんは必ず犯人を捕まえるから好きだ。ハルのことも捕まえてほしい。ハルのおかあさんを殺したのはハルだから。

　三番目のヒナタは、四時間目の前にやってきた。指の関節ひとつ分、ヒナタは小さくなっていた。四時間目は家庭科だった。この日は料理の日だったから、火気厳禁のヒナタにできることはなかった。
「やることないよ」と家庭科室に向かうハルが、ついてくるヒナタにいっても無駄だった。ヒナタは実習中、ハルたちの班を手伝うことになっている。

ガスコンロの火を点けたとき、ヒナタの警報が作動して、両脇からスプリンクラー機能を作動させたヒナタは濡れ過ぎて死んだ。授業中に新しいヒナタがきた。

「どうしようかな」と家庭科の先生がいった。ハルは家庭科の先生のことが好きだ。たまにお菓子をくれたりする。家庭科の先生は、校長先生といっしょに暮らしている。全身が真っ黒だ。

先生たちは、ハルの班の子たちみたいな生きものアレルギーの生徒のために、皮膚の上から薄い皮膚を着ている。どんな皮膚を着るかは先生の好み次第だけど、体育の先生はさまざまに計算された線が入った皮膚を着ていて、その線のために、目の前にいても絵に描かれたように平面的に見える。音楽の先生は、内側から発光して、世界中の都市の景観を皮膚に日替わりで映している。担任の先生は皮膚の上に透明な皮膚を着て、その上に服を着ている。家庭科の先生は、服を着てなくて、真っ黒い皮膚を着ている。

「教室をかたづけといてもらうのは？」とあすなろ様がいった。主演ドラマ〈ピンクの紙袋の王子様〉がついにクランクアップしたから、あすなろ様はうれしそうだ。

「そうそう。教室の蔓をかたづけといてよ」とウツミが賛同した。ウツミもあすなろ様ファンクラブ会員のひとりなのだ。

「ああ、じゃあそうしてくれる？」と家庭科の先生がいうと、ヒナタはうなずいた。大人のいうことしか聞けない仕様になっている。

　他のみんなは死んだ牛ともう育たない野菜を使って、肉じゃがとポテトサラダとおみそ汁とごはんを作ることになっていて、きょうはそれを給食の代わりにたべることになっている。ハルたちのアレルギーは重度ではないから、死んだ牛以外たべられる。

「きみたち」と家庭科の先生がいって、ハルたちを廊下に呼んだ。家庭科の先生は生きものというより真っ黒くて影みたいだから、ハルたちは紙袋を外した。紙袋なんてうっとおしい。

「どう？　最近。元気でやってる？」

「うん」とあすなろ様が答える。

「うん」とウツミがいう。

「それはよかった。ところで、校長先生から聞いてきてっていわれたんだけど、校長室の剝製――」

「新しいの増えるの？」とあすなろ様がいう。

「わー、じゃあ、鳥とかがいい。すっごい大きい、ポケモンみたいな鳥、伝説の！」とウツミがいう。

「うん、増やすから、新しいのなにがいいかって、きみたちに聞いてきてっていわれたんだけど。伝説ポケモンは無理だけど、でも鳥だね。校長先生にいっとくね」

「そうだ」といって、家庭科の先生はハルの側で中腰になった。「ハルくんも、たまには動物たちと遊びにきてほしいって」家庭科の先生がハルの耳元でささやいた。ハルは長いこと耳掃除をしていなかった。


他の班のみんなが、ハルの班の分の料理をお皿に盛って並べているあいだに、ハルの班はヒナタを呼びに教室に向かった。ドアを開けると、ヒナタがいなかった。

教室には、紙でできた丘のようなものがあった。ジャングルの残骸だった。

「あーあー、ジャングル」とウツミがいった。

「ジャングルなんてぼくたちには夢のまた夢だ」とあすなろ様がいった。

「え、でも、あすなろ様はドラマでよくジャングルに出入りしてるじゃん」とハルがいうと、あすなろ様の代わりにウツミが、「あれはね、ホログラム。ダムラ巡査部長もスシ・ジローも師範代もジャングルもみんなホログラムなんだよ。ねー、あすなろ様」といった。

天井から落ちてきたジャングルは一時停止した炎のようだったけど、炎よりはもっと色がたくさんだった。いくつか大きなかたまりがあって、そこから漏れ出したみたいに紙たちが落ちていて、燃えている浅い海のようだった。

「どこいったのかな」とウツミがいった。

「おーい」とあすなろ様がいった。

「ヒナター」とハルがいった。

ハルはピンときた。でも、その場にはハルひとりだけではなかったから、はっきりいうことができなかった。ハルは人に推理を話したことはなかった。恥ずかしかった。蔓が床一面に落ちているのに、踏まれた形跡がない。ということは、ヒナタはまだこの教室のどこかにいる、ってぼそっといった。自分のなかにいるもうひとりの自分に聞かせるみたいに。でも、ウツミに聞かれていた。

「画用紙とかが床一面に落ちてるのに踏まれた痕がないっていうことは、ヒナタはまだこの教室のどっかにいるんじゃない?」とウツミがいった。

「あ、おお」とあすなろ様がちょっと感心した。ウツミはものすごくうれしそうだ。「でも、どこにいるんだ?」

「とりあえず、紙なんとかしよ」ハルはそうやってほのめかして、一番大きい炎を足で崩していった。すると、炎のなかからヒナタが現れた。頭が取れている。また落っこちたんだ。三時間目のリベンジをしようとしたんだ。

お昼ごはんと昼休みのあとは掃除の時間で、その週のハルたちは職員室前の廊下の掃除だった。窓から入ってきていた太陽の光を、黒いものが横切った。鳥だろうかと外を見るとドローンで、校舎玄関の前に着地した。そのままハルたちのところにやってくると思ったけど、ヒナタは手前にある校長室に入っていった。それと同時に、掃除の時間が終わるチャイムが鳴った。五時間目は音楽だから、音楽室に急がないといけない。ハルは班のみんなと音楽室に向かうふりをして、引き返して校長室を外から覗きにいった。こういうトリックはコナンくんを見ていればだれにでもできる。

校長室には、動物がたくさんいる。生きてはいない。けれど、ちゃんと死んでいるとハルには言い切れない。みんな、剝製で、ポーズを取って固まっている。扉の側に立っていて、こっちを見ている。ハルのことを見ている。

おかあさんの実家は、傷ついた動物を引き取っていた。ハルよりも幼くて、すぐ死んでしまう動物がほとんどだった。死んでいる生きものがやってくることもあった。飴玉よりも小さい、赤ん坊の死体だって、おばあちゃんは持って帰ってきた。おばあちゃんの家の庭にはたくさんのお墓があって、石だったり、空き缶だったり、粘土だったりした。おばあちゃんの家にいったとき、ハルもよくお墓を作るのを手伝わされた。

「こんなの、意味あるの？」とハルは聞いたことがある。おばあちゃんはこう答えた。

「ちゃんと死んだことにしてあげたら、本当はそうじゃなくても、ちゃんと生きてきたってことになるでしょ？」

当時のハルにはよくわからなかった。いまでもあんまりわからない。体がえぐれたり、体がなかったりする動物が、檻のなかでハルを睨み、叫びつけて震えるとき、ハルは人間なんてみんな死んじゃえって思う。死んだ生きものは、土に埋めることもあったし、燃やすこともあった。赤ちゃんたちをよく燃やした。

「こうすると、みんなのところに早くいけるの」とおばあちゃんはいいながら、薪の上にヤギを置いた。産まれたばかりのヤギで、おかあさんが取り上げたヤギだ。

何度か立ち上がって、何度かこけると、ヤギは死んだ。ハルとおかあさんとおばあちゃんは、ヤギを抱いて、お別れの言葉をかけた。おとうさんはヤギを抱くことができなくて、お別れの言葉も、ゼリー越しに聞こえなかった。ヤギに火が点いて、燃えていくゼリー越しの景色が、できはじめたいぼいぼで揺らめいて、ぼやけていく。
それからすぐに、おばあちゃんは死んで、動物たちのところにいった。たくさんの動物が、どこかの施設や人間に引き取られたり殺されたりするなかで、おかあさんはよし子さんを家に連れてきた。

おかあさんのお腹には傷があった。
「にっこりした口みたいでしょ」っておかあさんはいったけど、ハルがそこから出てきたときの傷だってことをハルは知っている。おとうさんが月に一度ゼリーを取り換えに病院にいっているとき、おかあさんはよくお腹をつまんでぶよぶよ動かして、傷跡が喋っているみたいにしながら本を読んでくれた。いつも側には筒に入ったよし子さんがいた。

ある日、ハルはおかあさんの傷跡をまねた線をマジックで自分のお腹に描いていた。玄関が開く音がすると、ハルはよし子さんのところにいって、プリキュアのTシャツをめくって、おかあさんがハルにそうするみたいに、よし子さんに本を読み聞かせはじめた。おかあさんに見てほしかった。おかあさんがよろこぶと思った。でも、家に入ってきたのはおとうさんだった。

新しいゼリーを顔に被っていて、たべたいくらい夏の色だった。はじめ、おとうさんはハルのお腹の線がなんなのかわからなくて、ハルをじっと見ていた。

「おとうさん、これ、おかあさんのやつ」とハルはいった。おとうさんはなにもいってくれなかった。ハルは慌ててTシャツを下ろして、さっき自分がいった言葉が家のなかを這っていくのを潰そうとするみたいに、床を強く蹴りながら洗面所に向かった。油性マジックはなかなか落ちなかった。水がたくさんかかった。お漏らししているみたいになった。取れなかった。石鹸を落とした。

リビングにもどると、おとうさんが「ケーキ買ってきたよ」といった。くぐもった声がゼリー越しに聞こえた。立方体のなかは何重にも屈折していて、魚が何匹もいるみたいに、おとうさんのくちびるがたくさんあった。笑っているみたいに見えたけれど、どのくちびるからも、赤色のフキダシみたいなものが出ていた。おとうさんがいぼいぼを潰していた。血が出ていた。「ご飯の前だけど、たべていいよ」とおとうさんがいった。ハルはいらなかったけど、たべないとまたおとうさんに悪いことをしてしまうと思って、カットされて箱のなかにふたつずつ入っているなかから一番高そうなケーキをハルが選ぶと、もう片方を、おとうさんが畳の部屋に持っていった。畳の部屋だけには、ガラスの筒が通っていない。はなちゃんの遺影がある部屋だ。エコー写真の。

ハルの誕生日だった。はなちゃんが死んだ日だった。はなちゃんの誕生日だった。おとうさんがケーキをお供えしている途中で、おかあさんが帰ってきた音がした。ハルは目の下のところにケーキをくっつけた。おかあさんが笑ってくれた。

おとうさんがリビングにもどってくると、ゼリーはもう、いつもみたいに赤黒く濁っていた。

「よし子さんにもケーキあげる!」とハルはいって、ケーキを手に持って、おとうさんの顔も、おかあさんの顔も見ないようにして二階に上がった。

よし子さんは、二階の天井に這った筒のなかにいた。ハルの手では届きようがなかった。ハルは、自分の部屋から持ってきた椅子に登って、よし子さんの手前の筒を外し、はずみでケーキを軽く握りつぶしながら、ガラスのなかに入っていった。

ハルは、おへそから上が筒のなかにあって、足は宙でばたばたしていた。よし子さんはハルに尻尾を向けていた。

「よし子さん、ケーキ持ってきたよ」とハルはいった。おかあさんが聞いていてくれたらいいと思った。よし子さんは、ゆっくり、ゆっくりと動く滑車の縄のように、筒のなかで方向を変えて、顔をハルの正面に持ってきた。ケーキは手にくっついていたから、ハルは片手をよし子さんの口元にさし出した。よし子さんはケーキを舐めた。ハルは、もう少し近づいて、手をよし子さんの口に押し当てた。そしたら、よし子さんの口周りにも、ハルみたいにケーキがついた。

「見て、ケーキ！」とハルはいって、よし子さんの口を拭こうとした。そしたら、すぐ下からおかあさんの声が聞こえて、体が勝手に動いて、あ、足を掴まれて筒から降ろされているんだと思ったら、視界ががらがら揺れた。

たぶん、ハルはちょっとだけ気絶していたんだと思う。次によし子さんを見たときは、筒のなかでよし子さんのお腹が見たことがないくらい膨らんでいて、おとうさんが点滴台でガラスを叩いていた。おかあさんがたべられていた。

筒が割れると、よし子さんが破片とともに落ちてきて、何度かぴちぴちと床の上で跳ねて、ぐったりとした。おとうさんは、足元のよし子さんを見て、動くことができなかった。

「取ってくれ」とおとうさんがいった。いくつもの破片が、おとうさんの顔の立方体に刺さっていた。ハルが破片たちを抜き取ると、立方体から吹き出たゼリーが鈍く垂れていく。

おとうさんは点滴台でよし子さんをつついた。穴が開いて徐々に小さくなっていく立方体のなかで、いぼいぼが出来上がっていくのが見えた。おとうさんが点滴台でよし子さんを殴った。

うめき声が聞こえてくる。おかあさんの声だった。まだ生きている。おとうさんがよし子さんの側にしゃがみ込む。よし子さんもおかあさんも生きている。それだけで、いぼいぼが増えていく。おとうさんは破片を拾い、よし子さんの肌にあてた。

「ハル、押さえて」とおとうさんがいったから、ハルは、よし子さんの体を両手で押さえた。おとうさんが、破片でよし子さんを切っていく。立方体からゼリーがこぼれ、小さくなっていく。おとうさんの顔中がいぼいぼになっていく。ハチの巣から一斉に幼虫が飛び出てるみたいだ。よし子さんは、まだいくらも切られていない。皮膚が裂かれるほど、破片は走ってはいない。重力を知ったみたいに、いぼいぼが顔から下に広がって、セーターやズボンが突起で浮き、おとうさんの全身がいぼいぼになったとき、おとうさんは動かなくなった。

「おとうさん？」とハルがいっても、返事はなかった。

いぼいぼに触れたくなくて、ハルは点滴袋越しにおとうさんの肩を触った。すると、おとうさんは死体みたいに倒れた。床にあたったいぼいぼが潰れて、膿みたいなものが広がった。ゼリーはもう立方体ではなくて、拷問の袋みたいに、輪郭に沿って、おとうさんの顔を覆っていた。目や耳のなかにも入っていた。いっそう赤黒かった。おとうさんは呼吸をしていて、くちびるの上でゼリーが泡立っていた。

ハルはガラスの破片をよし子さんに刺した。両手で握った破片を、振り下ろした。おとうさんが破片をあてたところを下書きみたいにして、破片を引いていった。指がなんとか入るくらいの筋が入ると、そこを左右に開いた。よし子さんの皮が、本みたいにめくれていった。赤いものが現れた。もっと、よし子さんを開くと、おかあさんの首に傷が入っていた。少し曲線になっていて、おかあさんのお腹の傷によく似ていた。微笑んだ口みたいだった。おかあさんは死んでいた。

おかあさんは死んだ。よし子さんは死んだ。おとうさんは、死んでいるかどうかわからない。

おとうさんは病院に運ばれて、あるとき、病室からいなくなった。ハルが、おかあさんのお葬式が終わってから、はじめてお見舞いにいったとき、ベッドの上には、おねしょみたいになったいぼいぼの膿と、ハルの生活費や学費が置いてあった。お金なんてなかったらよかった。もうおとうさんが帰ってこない証みたいだった。それでも、ハルは待った。ずっと待った。この家でひとりで、おとうさんが帰ってくるのを待っている。

ハルは、心に傷を負った子どもにされた。かわいそうな子どもになった。トラウマを抱えていると、お医者さんたちがいった。いつ、生きものアレルギーが発症するかわからないからと、紙袋を被せられて、さまざまな注意をされた。ペットを飼ってはいけない。動物園や水族館にいってはいけない。特にハルは蛇が関係しているから、蛇がいるような繁みにいってはいけない。ハリー・ポッターを見るのもだめだ。

小学校に入学すると、ハルよりもカラフルな紙袋を被ったウツミとあすなろ様と同じ班にされて、先生たちが管理しやすいように、学年が上がっても、ハルたちは同じクラスで、同じ班だった。

小学校の入学式で校長先生が壇上に現れたとき、子どもたちはざわついた。だって全身が鉄だ。校長先生は、体を叩いて、モールス信号をマイクにぶちまけた。なにをいっているのかはわからなかったけど、校長先生の体は、他の新一年生から離れたところにいるハルたちの方を向いていた。

入学式が終わり、校長が壇上を降りて目線を生徒たちと同じにすると、一年生たちはめずらしがって、校長先生のところに殺到した。一年生たちは校長先生の体をべたべた触った。小さい手形が、鱗のように校長先生についていく。鉄の直方体には、手を出すところがなかった。

撫で返そうとする手をいじめるみたいに。鉄の直方体には、前を見るための穴もなかった。笑い返さないように、笑っている子どもたちを見られないように。

校長先生は群がる一年生の海を割りながら、ハルたちのところにきて、体を叩いた。

「え？」とあすなろ様がいった。鉄が叩かれた。

「なにか、うちらにいってる？」とウツミがいった。校長先生が背中を向けた。校長先生の背中には、出入り用の扉があった。校長先生は、振り返り振り返りして、ハルたちの方を見ては体を叩き、また前を向き、少しずつ進んでいった。ハルがいった。

「ついてこいって、いってるんじゃない？」

他の子どもたちが教室に向かうなか、ハルたちが案内されたのは校長室だった。校長先生は棚の方を見ながら体を叩いていた。棚には、動物の剝製が並んでいた。死んだ動物だ。でも、生きているみたいな顔をしている。山猫が口をぐあーっと開けてなにかを叫んでいる。トイプードルが顔中を口にして、なにかをべえべえいおうとしている。どの動物も、ハルたちに語りかけようとしている。こわい、とだれかがいうよりも先に、校長先生が体を叩く音がした。その音はちょっと軽快で、うれしがっているみたいだった。校長先生は棚に近づき、鉄の前面をグリズリーベアの脇腹にこすりつけた。上下に、何度も、ハルのおかあさんがよし子さんの肌をしごくときのように。グリズリーベアは子どもで、ちょうど、小学校低学年ほどの大きさをしている。校長先生は、さびしさを紛らわそうとしているみたいだ。ハルたちに、この光景を見せたかったのかもしれない。生きものが恋しくなったら、ここにくればいいよ、って。死んだ動物を、代用品にすればいいよ、って。

動物の剝製たちがポーズを取って棚に並んでいる様子は、おばあちゃんの家での思い出を切り取ってきたみたいだった。死んでいなくて、生きていたら、おかあさんはきっと大好きだろう。

「おかあさんがさびしがりませんように」といってハルは剝製を壊すところを想像した。粉々にして、ちゃんと死んだことにしてあげる、ちゃんと生きていたことにしてあげるハルを想像した。

校長先生はいま、ヒナタとモールス信号で会話している。たぶん、すごく会話が弾んでいる。校長先生の机の上には、壊れたいままでのヒナタもいっしょにいて、生きたヒナタと死んだヒナタを、傾けて前後に動かした鉄の体で、校長先生は撫でている。ヒナタは片方の手で鉄を叩きながら、もう片方の手にミトンをはめて、校長先生の体を擦っている。

五時間目の音楽に、ハルはずいぶん遅れていった。みんな〈翼をください〉を歌っていて、ハルは途中から入ったけど、うまく歌えなかった。喉から出てこようとする言葉に、鉄が叩かれる音が穴を開けていた。燃えていく動物たちの声がハルの言葉を刺していた。喉から吹きだしてくるのは言葉じゃなくて、おかあさんがよし子さんのなかで苦しんでるみたいな、空気が出ていく音だった。すると、目の前が黄色くなって、紙袋でうまく見えないのに、前に立っている子の頭が風船ガムみたいに膨らみだして、どんどん膨らんで、音楽室いっぱいになって、弾けたときにはハルは倒れていた。

ハルはしばらく学校を休むことになった。コナンくんを流しながらたくさんねむって、起きると、コナンくんを見つづけた。

家庭科の先生が家にごはんを持ってきてくれることがあった。直接じゃなくて、ごはんが入った斜め掛けのカバンが、いっしょにきた校長先生の鉄にひっかけてあった。ハルは、校長先生となにを話したらいいかわからなかった。モールス信号ができないし、ハルの声がちゃんと聞こえているのかもわからない。ドアを開け放したままにしていると、家庭科の先生が帰っていって、校長先生が家に入ってきて、食卓に座った。そこはハルのおとうさんの席だったけれど、校長先生はただハルの向いに座っただけかもしれない。

なにもいわずに家庭科の先生の料理をたべていると、口のなかで、がりっ、と音がした。おからまみれの口に手を突っ込んで、出してみると、おからまみれのプラスチックのカードが出てきた。こういうことがよくあった。カードにはなぞなぞが書かれていた。

〈パンはパンでもたべられないパンはなに？〉

「審判だよ！　審判はたいてい人間だから、ハルと校長先生はたべられない」

校長先生が体を叩いた。ハルが家庭科の先生の料理をたべおえ、ふたりでコナンくんを何話か見ると、校長先生は帰っていった。おとうさんかどうか、ハルは聞けなかった。

学校にいくと、ヒナタが中指くらいの大きさになっていた。ハルが休んでいるあいだに、いっぱい死んで、いっぱい新しいヒナタがきたんだ。

一時間目は国語の授業だった。でも、チャイムが鳴っても、担任の先生は先生の机から離れなかった。どうして？　とハルが思っていると、「ウラジーミル」と担任の先生があすなろ様の実名をいって、あすなろ様が前に出た。教卓の前に立ったあすなろ様の手には、ヒナタが握られている。ヒナタはあすなろ様にだっこされるように持ち上げられて、板書をはじめた。

ハルはびっくりした。ヒナタが授業をするときがくるとは思っていなかった。教育実習生だから、授業はするものなのだけれど、なんとなく、一度も授業せずヒナタは死につづけるだけで帰っていくんじゃないかと思っていた。

「疲れたー」といってあすなろ様がヒナタを床に降ろして席にもどった。ハルが思ってるより、重いのかもしれない。

「じゃあ、次はウツミ」と先生がいって、ウツミが前に向かった。紙袋にワンポイントのラメが入ってる。いいなあ。ウツミに持ち上げられるまで、ヒナタは黒板に向かってぴょんぴょん飛び跳ねていた。ヒナタの体の半分の長さのチョークがどこにも当たらず、白い粉が光のなかに舞っていた。

あすなろ様とウツミは、ハルの前の席だったから、次はハルがヒナタを持ち上げないといけない。持ち上げるというより、ほとんど抱くみたいに。ハルは、なにもしたくなかった。抱くのも、抱かないのもこわかった。だってヒナタは生きてるみたいだ。時計はヒナタに落とされたまま新しいのがきてなくて、壁が時計の形に白くなっている。

「ハルくん」ウツミに肩を叩かれた。「先生呼んでるよ」

「あ」どうしよう。「えーっと。あー」

「あー、休んでたもんな。いいよ、ハルはしないで」

「え？」

「あ？」

「えっと、その」

「はっきりいいなさい」

「あ、抱きます」

ハルがそういうと、担任の先生はいままで見せたことがないほど笑顔になって、あんまり顔の筋肉が動いたものだから、着用している皮膚がずれて皺が波立った。ハルが前に出ると、ヒナタがぴょんぴょん飛び跳ねるのを止めてハルを見た。水晶でできた目だけでなく、メタリックな体全体にハルが反射していて、分裂したぜんぶのハルの紙袋は歪んでいた。ヒナタはこんなに小さいのに、抱くときには腕に力を入れないといけなかった。ハルはヒナタを両手で抱えて、見つめ合った。

「意外と重たいだろ。確か、３キロある」

３キロというと３０００グラムで、ハルが生まれた体重だ。ハルは一度も会ったことがないはなちゃんのことを思い出した。はなちゃんのことをハルが考えるのは悪いことのような気がした。ヒナタを落とした。

「おい、ハル。ちょっと廊下こい」と担任の先生がいって、教卓の前を通っていった。「早く」怒られるのかもしれない。先生は、ハルがヒナタをわざと落としたと思っているのかもしれない。ハルもそう思っている。傷ついたままぴょんぴょん飛び跳ねるヒナタを無視して、ハルは廊下に出た。

「おまえ、出てるぞ」と先生が小声でいった。耳くそのことだろうか。「みんな見えてないだろうが、首のところ」

「え？」とハルがいって、首を触ると、ぶにぶにしたものがあって、ぷちんと取れた。いぼいぼだった。動いている。

「おれは、それのことよくわからないから、校長先生のところいってきなさい。急がないで、落ち着いてな。たぶん、なんでもないんだから」

そういうと、先生は教室に入って、ドアを閉めた。ドアに付いた三角形の小窓から、先生が手の甲やほっぺたを掻いているのが見えた。いぼいぼはもう死んでいて、ちぎれたところから、膿が出ていた。よだれみたいなにおいがした。

ハルは捨てたかったけど、捨てた場所でいぼいぼが増殖して廊下いっぱいになってしまう光景がなぜか浮かんだから、手のひらにのせて校長室に向かった。涙が出そうで、出たけれど、いぼいぼを触った手で目を触らないようにした。

ハルが校長室の扉を開けると、家庭科の先生が、床に横たわった校長先生に脚をのせて、黒い皮膚を脱ごうとしていた。

「あ、ごめんなさい」とハルはいった。黒い皮膚が先生の右足首のところで丸まっていて、肌色の皮膚が見えていた。見てはいけないものを見てしまったような気がした。でも、もっと見ていたかった。

「いいよ、気にしないで。校長とふたりでいるときは、脱ぐようにしてるの。この人の鉄は分厚いから」そういいながらも、家庭科の先生は黒い皮膚を元にもどした。「ハルくん。剝製を見にきたの？　あれ、授業中じゃないっけ。それ、なに持ってるの？」家庭科の先生がハルに近づいてくる。

「きたらだめ！」とハルはいった。「いぼいぼができちゃった。発症しちゃった。どうしよう。ハルは石を投げられちゃうよ」

校長先生が、横たわったまま体を叩いた。

「落ち着いて。深呼吸を、大きく三回して」と家庭科の先生がいった。

ハルが深呼吸をすると、家庭科の先生が、「どこにできたの？　いくつできたの？」と聞いてきた。

「首のところに、いっこ」

「それくらいなら、だいじょうぶだよ。ぜんぜん大きくないし。ねぇ？」家庭科の先生に同意するように校長先生が叩いた。

「だから、ハルくん、それを渡して」ハルが返事をしないうちに、家庭科の先生がいぼいぼを取り上げた。

「きたなくないの？」

「ぜんぜん」先生はそういうと、校長先生の側にしゃがみ込み、「イチロー、開けるよ？」といってから、校長先生の背中にある鉄の扉を開いた。一瞬、なにかが腐ったようなにおいが漂ってきた。家庭科の先生は、ハルのいぼいぼを校長先生のなかに入れた。

「人のいぼいぼ集めてるんだって。囲まれてると落ち着くんだって」と家庭科の先生がいった。

「気持ち悪いでしょ」

なんていえばいいかわからなくて、ハルは「動物、触ってもいいですか」といって、一番近くにいたモグラの剝製を撫でた。冷たかった。モグラの側に、なにかの破片があって、ハルは手に取ってみた。

「ああ、それはヒナタの」と家庭科の先生はいった。「ヒナタの死体を、校長は集めてるの。さびしさを紛らわしてくれるものは多いほどいいからって。触ってみる？」

家庭科の先生は部屋の奥の棚からヒナタの死体を抱えてきて、ハルに渡した。さっきヒナタを触るときに感じたようなものは、死んだヒナタからは感じなかった。ただのモノを触っているだけなんだって思うと、落ち着くことができた。


教室にもどると、ヒナタはまだ生きていた。さっき、ハルが落としたことで傷ついていたけれど、授業をしようと、まだぴょんぴょん飛び跳ねていた。チョークで黒板をかっかと叩いては、また落ちて、飛んでいく。ハルは途中から教室に入ることが恥ずかしくて、席に着くまでどきどきして、自分の心臓の音を聞いていたから、ヒナタがなにかをいっていることに気づかなかった。

「授業しないと。でも、死なないと」ヒナタはそういっていた。

「新しい体でいることも仕事なんだから。でも、授業も仕事だし」

「いままで、ちゃんと死んできたんだから」

ヒナタが飛び跳ねる度に、ヒナタの体がぼろぼろ、チョークの粉といっしょに落ちていく。

「ヒナタががんばらないと、いままでみたいに、死なないと。きょうの授業が終わってしまう前に、みんなのために死んでおかないと。あしたからみんな気持ちよく授業できない」ヒナタ以外、だれもしゃべっていなかった。ヒナタの体はこぼれつづけているけど、それでは死ねそうになかった。

「そうだ。死ぬことも教えてるんだった、ヒナタは。道徳も教えるんだよって、命令されたんだった」

そういうとヒナタは大きくジャンプして、教卓の上に立った。ヒナタは両手で握ったチョークを、お腹に開いた小さな穴に差し込んだ。差し込んだというより、刺したみたいで、そのままヒナタは穴を広げていこうとする。きりきりと、チョークがきしむ音がする。ヒナタはまだ生きていて、まだ生きているから、ヒナタはチョークを右に引いていこうとする。ちょっと切腹みたいだ、とハルが思ったとき、チョークが折れて、それからヒナタは、代わりに自分の右手を穴に入れて、横に引いていく。ヒナタの内部の部品が折れる音とともに穴が広がっていく。穴が脇腹まで通って、もう穴ではなくて大きく噛みちぎられたような痕になると同時に、ヒナタの右腕が折れる。そんな状態でも、ヒナタはまだ生きていて、だから、左手で首を殴る。何度も殴ると、首に穴が開いて、首を貫通した左手が、うしろから、まだ残って細い柱のようになった首の部分を握りしめてちぎり取る。すると、もうぎりぎりケーブルでつながっているだけのヒナタの首は傾いて、落ちかけて、落ちる。ヒナタの頭と、首なしの体が子どもたちを見ている。

「おかしいな」と声がした。「まだ、生きてる」とヒナタがいった。頭だけで生きている。「死なないと。死なないと――」

ハルがそれをさえぎった。びゃっと前に出て、そのとき紙袋がスピードでぶわぶわ音を立てた。ハルはズボンのポケットから、予備の紙袋を取り出して、ヒナタに被せた。ヒナタの体に合うように、ほとんど潰した紙袋を被せると、また紙袋を被せた。いぼいぼができそうだった。予備の紙袋はたくさんあった。「これはバリアだから」といって、ハルはヒナタに紙袋を被せつづけた。「バリアになってくれる」ハルの分がなくなると、ウツミとあすなろ様も、予備の紙袋をヒナタに被せ出した。「見られないし、触られないんだ」ふたりの予備の紙袋はカラフルで、ヒナタは教卓の上で、紙でできた岩のようになっていた。「安心だよ」そう話しかけても、ヒナタはなにもいわなかった。そのあとすぐに、新しいヒナタが教室にやってきたから、ヒナタは死んでしまったのだ。「ありがとうね」と新しいヒナタはハルたちにいった。それからもヒナタは死につづけ、ヒナタは新しくなりつづけた。ヒナタはどんどん小さくなっていき、教育実習が終わるころには、ほとんど見えない大きさだった。それから班のみんなは三人で話すとき、そこにヒナタがいるようにふるまうようになった。なにもないところに話しかけた。見えなくなった友だちがいると思って。

文鳥

「なにそれ」

「文鳥」

「どこからもらってきたの」

「別に、関係ないだろ」

「生きものだよ」

「は？　おれの部屋で飼うから」

冷たい、金属みたいな言い方だ。息子は十七歳で、反抗期で、私はなにか言い返すことを諦めている。諦めてしまったら、楽になるだろうと思っていた。

そんなことはなくて、諦めた私と、諦める前の私は地続きだった。

家族三人で顔を合わせないといけない、夕食に心が重たい。テレビは雑音としか聞こえず、それは聞こえないのと同じで、お箸が食器にあたる音や、私と夫が喋らない音がうるさい。

最近ケータイよく見てるね、そんなに仲のいい人がいるんだね、なんて、なにもいわないことで主張してみるけど、この人には伝わらない。この人は、言葉にしないものがわかったりはしない。

「ねぇ父さん、文鳥をもらったんだ」

「へぇ、だれに」

「ゲンさん」

「あぁ、ゲンくんか。元気でやってるの？　最近見てないけど」

彼らの、息子と息子の父親の会話で、私が必要な会話ではない。

それを聞きたくなくて、蛇口のノズルを全開にした。シンクに危なげに重ねていた食器が水圧で崩れる。食器についていた汚れに穴が開いて、汚れをまとった水が飛び散って私にかかる。でも、ずっと前から、別になにも感じない。私が出ていったら、あの人たちは悲しむだろうか。

水垢がほこりのようにこびりついたシンクから目を上げると、彼らがリビングにいない。つけっぱなしのテレビではクイズ番組が放送されていた。この答え、知ってる。これも、これも。テレビを消して、夫がテーブルの上に忘れていったライターをソファの背もたれのあいだにねじこんだ、何十分もかけてしつこく探せば辛うじて見つかって、その時間が徒労だったと思わせるくらい深く。

二階から、彼らが文鳥を楽しそうに見ている声が聞こえてきた。

「はい、お弁当。いってらっしゃい」

「ああ」

いってらっしゃい、と私はもう一度、ひとりでいった。それから、夫の後ろ姿に手を振った。

明日か明後日だ。

明日か明後日に、出ていこう、そう思いながら昼寝をして、ふたつの夢を見た。ふたりが私を呼びもどす夢と、呼びもどさない夢。

どっちがいいのだろう。

息子の部屋に入った。特に用があるわけではなかった。私のどこかが、子どものにおいを嗅いでおきたいとでも思ったのかもしれない。机の上に、籠に入った文鳥がいた。私の手のひらより小さい。水入れが空になっていた。水を入れ替え、部屋にあったエサを少しやった。エアコンをつけた。籠の下に敷いてある新聞紙は文鳥のおしっこで濡れていた。新聞紙を取り換えた。私がいなくなったら文鳥はじきに死ぬだろう。こんなに暑い部屋。

メンチカツを作っていた。油が手に跳ねた。もうすぐふたりが帰ってくる。冷蔵庫で冷やしておいたポテトサラダを取りだそうとしたとき、電話がなった。

「どうしたの？」

「実はさあ、急に仕事が入っちゃって」

「そう、それで、何時頃帰れそう？」

「いや、まだ見通し立たなくて、今日、泊まりになるかも」

「泊まりなの」

「ああ」

「そう」

どっ、どっ。ひとつずつ、夫の分のメンチカツをゴミ箱に落としていくと、似たような音を立てて体のなかからアドレナリンが出てくるのがわかった。すぐ、ゴミになった。

お母さんは頭が痛いので寝ます。お父さんは今日は帰ってきません。台所にラップをしたメンチカツがあります。もの足りなかったら、レトルトのカレーが棚にあるのでご飯にかけてください。冷蔵庫の中にポテトサラダが入っています。食器はそのままにしておいて。あとで洗います。

息子に書き置きをして、部屋にこもった。

夜がまだ明ける前に目が覚めた。隣のベッドは空いていた。クローゼットの奥からスーツケースを取り出して、荷物を詰めた。荷物は、自分で思っていたよりも少なかった。必要最低限のものを詰めてもまだ、充分空きがあった。必要最低限のものしかなかった。軽かった。

スーツケースを持ってリビングに降りると、机の上に書き置きがあった。

おいしかったよ。ありがとう。

食器を洗おうと台所へいくと、シンクに食器はなかった。それだけのことだ。それだけの言葉だ。自分の分の食器を洗うのなんて当たり前のことだ。ありがとうなんて当たり前の言葉だと自分にいった。でも、うれしかったし、うれしいと思っているのが悔しかった。

息子のためにお弁当を作った。

ゴミ箱のなかのメンチカツを夫のお弁当に入れようかなと思った。

家を出た。軽いスーツケースがさっきより重たい気がした。駅へとつづく坂道を下っていると、スーツケースの車輪は、雲が動く音みたいにうるさかった。袖に、お弁当のにおいがついていた。明日から、だれがご飯を作るのだろう。

私はまだ、文鳥の名前を知らない。

＊

「なにそれ」

「文鳥」

「どこからもらってきたの」

「別に、関係ないだろ」

「生きものだよ」

「は？　おれの部屋で飼うから」

息子が妻にそういうのが聞こえた。

なにかいった方がいいのだろうとは思うが、息子の妻への態度は、反抗期というより照れのようなものかもしれないと思ってなにもいわなかった。仕事から帰ってきたばかりで疲れているということを言い訳にして、なにも口を出さなかった。

夕飯はきのうの残りのカレーだった。スプーンを持つ妻の指先にはささくれがいくつもあった。最近、なにを話したらいいのかわからない。テレビが点いていてよかった。ガラケーにメールがきた。サキコさんからだった。

「ねぇ父さん、文鳥をもらったんだ」

「へぇ、だれに」

メールを打ちながらそういった。

「ゲンさん」

「あぁ、ゲンくんか。元気でやってるの？　最近見てないけど」

うそをついた。

夕食を終えて、テレビを流し見ていた。妻が食器を洗う音がうるさくて、音量を大きくした。

「文鳥は、どこにいるの」と聞いて、息子の部屋に見にいった。白くて、手のなかにちょうど入ってしまえそうな鳥だった。お餅みたいな体をしていて、くちばしがドライフルーツのイチゴのように赤い。どこかの地方の銘菓を捏ねたらそのままこの文鳥になりそうだと思った。

「はい、お弁当。いってらっしゃい」

「ああ」

いつも悪いな、とか、ありがとう、とか、そんなことを、いおうと思っていたことを、家を出て少し歩いたあとに思い出す。ふりむくと、妻が長いこと手を振っていた。

サキコさんから返信がきていた。

〈今日は大丈夫？〉

別に、おれじゃなくてもだれにだってできる、そういう仕事をこなしたあと、夕方ごろになって、妻に電話をかけた。

「もしもし」

「ああ、おれだよ」

「どうしたの」

「実はさあ、急に仕事が入っちゃって」

「そう、それで、何時頃帰れそう？」

「いや、まだ見通し立たなくて、今日、泊まりになるかも」

「泊まりなの」

「ああ」

「そう」

そのあと、サキコさんの家にいった。

せっせと作業しながら、文鳥の話をした。「それで、なんていう名前つけたんですか？」と聞かれて、名前を聞いていなかったことに気づいた。

泊まるつもりはなかったのに、なかなかうまくいかず、本当に泊まることになった。

次の日の午前中、息子が登校するくらいの時間に家に帰ると、妻がいなかった。

*

「なにそれ」

「文鳥」

「どこからもらってきたの」

「別に、関係ないだろ」

またただ。

「生きものだよ」

「は？　おれの部屋で飼うから」

なんとかしなきゃ、と自分では思っているのに、咳をするみたいに、反射的に母さんに冷たくしてしまう。母さんはおれの態度で苦しんでいるかもしれない、いや、苦しんでいるだろうけど、でも、それでも、ちゃんとおれたちは生活できているのだと思うと、自分のなかの、そういう、反抗期的なものと向き合ってみようとは思えない。時間が過ぎたら、ぜんぶ、思い出になるんだろうなって思う。

父さんは、最近よくメールをしてる。隣の席から覗くと、だいたい、相手は女の人で、おれは見なかったことにしたい。でも、なぜか、おれは父さんには反抗的にはなっていない。男ふたりで固まって、なんというか、内輪的なもの。母さんでもだれでもいいけど、まるでだれかを仲間外れすることで、おれは安心しようとでもしているみたいだ。

「ねぇ父さん、文鳥をもらったんだ」

「へぇ、だれに」

食卓に母さんがいないみたいに話す、自分が嫌になる。

「ゲンさん」

「あぁ、ゲンくんか。元気でやってるの？　最近見てないけど」

カレーを食べ終わって、おれは父さんと並んでソファに腰かけた。テレビではクイズ番組がやっていて、大人に気に入られようとする幼稚園児みたいに、おれは答えをいう。うしろから聞こえてくる、母さんが食器を洗う音に追い立てられないように、大きめの声で。おれが、おれたちが、母さんに食器洗いをやらせている、なんて思わないように。たまに、手伝おうか、なんて母さんにいいたくなる。でも、そういう習慣はうちにはなくて、だから、手伝わない。

自分の新しい側面みたいなもの、隠していたみたいなものを、親に知られるのが嫌だ。

リビングに三人で集まるのが気まずいと思って、おれの部屋に、父さんとふたりで文鳥を見にいった。文鳥はカゴのなかでじっと丸い体のままでいて、鳥というよりもハムスターみたいだ、と父さんにいうと、お菓子みたいだといわれた。なんだよそれ、と打ち解けているみたいにいう。文鳥の名前がなんだったのか、ゲンさんに聞いたはずなのに、思い出せない。

「はい、お弁当。いってらっしゃい」

「ああ」

仕事にいく父さんに、母さんが声をかけたのが聞こえる。おれは母さんから隠れるように洗面所にいて、自分の顔を見ている。耳をそばだてて、母さんがトイレにいったのを確認すると、その隙に、食卓の上にある弁当を持って、なにもいわずに家を出た。

学校にいるのはバカみたいなやつと、自分はバカじゃないと思ってるバカなやつばかりだ。小中高一貫で、共用の大きなエントランスには、小学生たちの絵が貼り付けられている。利き手じゃない手で目隠ししながら描いたような絵ばかりだけど、それが、母親の絵だということはわかる。母の日のために描かされた絵の一枚が、剝がれて、グラフのように床を泳ぎ、おれの足元で止まり、おれを見ている。

窓際の席で頬杖をつきながら外を見ていた。教師の声は雑音で、空が青い。絵に描いたみたいな憂鬱や鬱屈。十七歳を演じるみたいにして、学校というものをやり過ごしていると、文鳥の世話を忘れていたことに気がついた。すぐに死んでしまうかもしれないと思った。愛着も、なにもない。なにかを昔に飼ったことはないけど、飼っていたペットが死んだときを思い出しているような、そういう気持ちになった。

学校が終わって、帰り道、母さんに電話をかけようとした。文鳥の世話を頼みたかったのかもしれないし、そうじゃないのかもしれない。番号をタッチしながら、出たらなにを話せばいいんだろうと思った。

母さんは電話に出なかった。話し中だった。

途中でゲンさんに出会って、いっしょに帰ったけれど、文鳥の名前はわからなかった。

家に帰ると書き置きがあった。

お母さんは頭が痛いので寝ます。お父さんは今日は帰ってきません。キッチンにメンチカツがあります。もの足りなかったら、レトルトのカレーが棚にあるのでメンチカツにかけてください。冷蔵庫の中にポテトサラダが入っています。食器はそのままにしておいて。あとで洗います。

空になった弁当箱をキッチンに置きっぱなしにはせず、開いて、水につけた。自分でこういうことをするのははじめてのことで、そわそわした。弁当のなかに入っていた、緑色の芝生みたいな、料理を区切るあれを捨てようとゴミ箱を開けると、メンチカツがあった。それをこれ以上見ないように、蓋を閉じた。

部屋にいくと、文鳥はちゃんと生きていた。水も、エサも整っていた。

テレビを点けず、できるだけ、なんの音も立てないように、メンチカツと、カレーをそっと食べた。腹は膨れていたけど、母さんに気を遣って、ポテトサラダもぜんぶ食べた。

書き置きをして、部屋に籠った。

朝起きて、一階に降りると、ちょうどドアが開いて、父さんが帰ってきたところだった。

＊

「文鳥は？」

「あげた」

「あげたって、おまえ」

「ソウくんに」

「よかったの？　それで」

「うん」

そりゃ、おまえが自分の金で買って、世話してきたものなんだから、おれにつべこべいう権利はないけど、と喉からは出てこず、苦い顔をしているうちに息子は夕飯を食べ終えて、自分の部屋に上がった。

「あげたんだって。文鳥」

「え、そうなんだ」と妻が答えた。

「隣の、ソウくんに」

「そっかー」

「いじめられてたり、しないかな。ほら、最近あの子、ヨシコさんにつらくあたってるって、この前タカシくんが」

「ただの反抗期でしょ。ゲンはどんな顔してた？」

「うーん。ふつう？」

「じゃあ、大丈夫でしょ。なにかあんのよ、あの年頃の友だち同士の、なにかが」妻がメールを打ちながらそういった。

「でもなあ」

妻のいうことはきっと正しいのだろう。でも、親として、というか心配性の性格のために、いつまでも息子のことを年齢よりずっと幼く見てしまう。

「そういえば、あの鳥の名前って、なんだっけ」

「あ、なんだろう。なんだっけ」

「ゲンが名前呼んでるとこ、聞いたことないよな」

「そうだよね」

「聞いてこよう」

「やめとけば？　もういないんだし」

文鳥はずっと息子の部屋で飼われていたし、壁越しに鳴き声が聞こえてくるなんてこともなかったから、おれにとっては存在感のないものだった。それでも、もういないのだといわれると、それがなんであれ、喪失感みたいなものがある。いや、もっと、軽い。たとえば、財布のなかからお金を出すときみたいな。

食器を洗い終えてリビングにいくと、妻はまだメールを打っていた。その隣で、息を殺すかのように、じっと、クイズ番組を見た。

「いってらっしゃい」

「いってきます」

「あ、そうだ、きょう山下さんがくるから」

「ああ、例の」

「うん。例の」

ちょうど玄関を出ようとしたところで、隣の家からタカシくんとヨシコさんの声が聞こえたから、妻は音が立たないように玄関の扉を閉め、おれは慌てて道路に飛び出して、バス停に向かって駆けていった。気を遣っている背中をタカシくんに見られているんだろうなあとはにかみながら。

ちょうどバスに乗り込んだとき、車窓から、タカシくんが歩いていくのが見えた。右手にはヨシコさんが作ったお弁当が握られている。おれも、少し前までは弁当を作っていた。でも、「できる旦那さんですね」とか「奥さんは楽できていいな」なんていわれることとか、妻がたまに「ごめんね」といってくるのが癪に触って、弁当を作るのはやめた。

最近、妻は料理学校に通っている。「別に、そんなことしなくていいのに」といったら、「きみが倒れでもしたときのための保険だから。いつもはきみが作ってよ」といわれた。なんだか所帯じみている気がして、頼もしかった。

仕事をしながら、これっておれじゃなくてもやれる仕事だよな、と何万回目かに考えた。いま、同時にこのことを考えている人が何人いるのだろうか。

仕事を終えて家路に着いた。重たいビニール袋を下げたこそこそしたスーツ姿の背中が、おれの家に入っていくところが見えた。

＊

「文鳥は？」

「あげた」

「あげたって、おまえ」

「ソウくんに」

「よかったの？　それで」

「うん」

父さんはまだなにかいいたそうだったけど、夕飯を食べ終えると僕はすぐに自分の部屋に上がった。

階段を上がって、自分の部屋の前に立ったときに、下からくぐもった声が聞こえてきた。きっと、文鳥のことについて父さんが母さんになにかいっているのだろう。父さんが心配性だっていうのは知っているけど、いいたいことがあるなら直接いってほしい。いらいらする。

部屋に入ると文鳥のにおいがした。餌のにおいと、おしっこのにおい。文鳥の体の、ぬるいにおい。この家のなかで僕が一番そのにおいを嗅いできて、服ににおいがついていたことにもずっと気づかなかったっていうのに、文鳥がいなくなると、確かにこの部屋ににおいがあった。文鳥をソウにあげてから、何度もリセッシュしたっていうのに、僕にしかわからないにおいが。

文鳥に話しかけたりとか、そういうことはあまりしたことがなかったっていうのに、僕はベッドの上に仰向けになって、腕を額にあてて、だれかのためにさびしさを演じるように、じっとしていた。

朝起きて、一階に降りると、父さんが僕の分のお弁当を作ってくれていた。父さんのお弁当はぜんぜんまずくない。僕は昼休みになって食べる、冷たくなった料理が苦手なだけだ。父さんの料理は、温かいときに食べるとふつうにおいしいし、お弁当とか、きっとずっと先になって思い返してみればありがたいんだろうけど、それでも、いまの僕にはマンネリで、たまに忙しい朝にもらうお金で買って食べる、コンビニ弁当の方がおいしく感じる。自分のためにお弁当を作らず、外食やコンビニでお昼を済ませる父さんはちょっとずるいと思う。

学校のエントランスに、初等部の子どもたちが描いた絵が飾られていた。突然変異のじゃがいもみたいな絵ばかりだけど、それが母親の顔だということはわかる。母の日のために、学校が描かせたものだ。しあわせそうな雰囲気が絵のまわりには漂っている。まるで、母親がいない子どものことなんて少しもかえりみられなかったみたいに。

いくつものカバン越しに漂ってくるお弁当の混ざったくさいにおいに鼻水を出しながら、授業を無視して受験のための参考書を睨んでいるうちに学校が終わった。

帰り道に、前を歩いている背中に声をかけた。

「ソウ！」

「あ、ゲンさん。おっす」

「っす。鳥、どう？」

「まぁまぁだね」

「そっかー」

「最近、どう?」

「つらいわ」

「だよねー」

「早くおじいちゃんになりたい」

「歳取ったら、おだやかになれるもんかなあ」

「なれるんじゃない? いまよりは、ましでしょ。ほら、自意識が、十七歳の」

「てか、あの鳥の名前なんだっけ?」

「名前? ないけど」

「まじ?」

「うん、ずっと、鳥、とか、文鳥、とか呼んでた」

「それおかしくない?」

「ええー、そうかなー」

「そうだよ。絶対」

「じゃあ、勝手につけなよ。てかもう、ソウの鳥だし。じゃあな」

「じゃあ」

家に帰ると、母さんが掃除をしていた。

「この前したばっかじゃん」

「ああ、今日ね、人がくるから」

「へー、なんで？」

「んー、大人の事情ってやつ？」

ちょうど、母さんが掃除を終えたとき、ドアが開いた。父さんが帰ってきたとばかり思って、出迎えもせずに冷蔵庫を漁っていると、うちのリビングに山下さんが入ってきてぞっとした。

そのすぐあと、父さんが帰ってきた。

＊

「文鳥は？」

「あげた」

「あげたって、おまえ」

「ソウくんに」

「よかったの？　それで」

「うん」

息子が部屋に上がったあと、キッチンでおかわりをよそっていた私に夫が話しかけてきた。

「あげたんだって。文鳥」

「え、そうなんだ」ふたりの会話は聞こえていたけれど、そういった。

「隣の、ソウくんに」

「そっかー」

「いじめられてたり、しないかな。ほら、最近あの子、ヨシコさんにつらくあたってるって、この前タカシくんが」

「ただの反抗期でしょ。ゲンはどんな顔してた？」

「うーん。ふつう？」

「じゃあ、大丈夫でしょ。なにかあんのよ、あの年頃の友だち同士の、なにかが」メールに返信しながら答えた。

「でもなあ」

「そういえば、あの鳥の名前って、なんだっけ」

「あ、なんだろう。なんだっけ」

「ゲンが名前呼んでるとこ、聞いたことないよな」

「そうだよね」

「聞いてこよう」

「やめとけば？　もういないんだし」

幸いにも夫が務めている会社はホワイトで、定時に退社した夫がご飯を作ってくれている。それは申し訳ないなあと思いつつ、私はまずい飯しか作ることができない。料理教室に通いはじめて、そこで山下さんと仲良くなった。山下さんは土日しかこないから、料理教室以外のところでけっこうよく会っている。あ、このクイズの答え知ってる、と思いながらも、メールを打つのに忙しかった。

「いってらっしゃい」

「いってきます」

「あ、そうだ、きょう山下さんがくるから」

「ああ、例の」

「うん。例の」

ちょうど玄関を出ようとしたところで、隣の家から山下さんと妻さんの声が聞こえたから、私は音が立たないように玄関の扉を閉め、夫は慌てて道路に飛び出して、バス停に向かって駆けていった。夫が気を遣っている背中を見ながら、山下さんがはにかんでいた。

とりあえず家事をしようと思っても、いつまで経っても面倒くさくて、とりあえずマンガを読もうとごろごろしているうちに昼寝してしまっていた。夫が息子のお弁当のために作った料理の余りを食べて、それから、がんばって家事をした。一応、最低限のことは終わって、ほっとしたけれど、今日は家に人がくることを思い出して、掃除機をかけた。この前掃除したばかりだけど、めんどくさいけど。めくるのを忘れていたカレンダーをめくると、明日、母の日だった。ああ、そういうことかと微笑んだ。

最近行き詰ってるんだ、と山下さんがこの前いった。妻とは倦怠気味だし、息子との仲は悪くないけれど、妻と息子の仲は悪いみたいだし。だからなにか、状況を変えるために、サプライズでもしたいんだ。

別にサプライズじゃなくていいのでは、と思ったけれど、隣人が困っていれば隣人愛の精神を発揮するのが私だ。息子がソウくんに文鳥をあげたのも、彼なりになにか思うところがあったのかもしれない。

まず、息子が帰ってきて、それから山下さんがきて、夫が帰ってきた。山下さんは言い訳として「泊まりの仕事が入った」と妻さんにいったようだ。それってどうかと思うけれど、それ以外に妥当な言い訳を私も思いつかない。うそをついてしまった分、本格志向でいきたい、と山下さんはいった。だから、本当に山下さんはうちに泊まり込みで料理を作った。夫が指導した。料理ができる夫は、山下さんや手伝いの私の手際の悪さにいらいらして、自分でぜんぶ作りたそうにしていた。母親はもう死んでしまっているけれど、その分、母の日に、妻をねぎらうことができれば、と山下さんがいうのを聞いて、夫と息子はもぞもぞしていた。

ビーフシチューができた。シーザーサラダができた。オイルサーディンができた。マッシュポテトができた。アジの開きができた。からあげができた。

統一性もなにもないけど、ぜんぶ、妻さんの好きな料理だそうだ。息子がからあげに向かって、黙禱するように手を合わせていた。私にしかそのブラックユーモアはわからなかったようで、息子を肘で小突いて微笑み合った。

料理を試食し合って、いくつものタッパーに詰め終わる頃には、もう朝がきていた。

私と夫と息子は、隣の家にサプライズを感づかれないように、玄関ではなく、息子の部屋の窓から、指のように並んで山下さんを見送った。

そのすぐあと、夫と息子が同時に「あ」といって、駅につづく坂道を見た。そこにはスーツケースを持った見覚えのある後ろ姿があった。なにかを苦悩しているように、じっと立ち止まったまま、頭を掻きむしっていた。

わたしたちがチャンピオンだったころ

去年はママがチャンピオンだったから、きのう、町中の人たちがカレーを作ってうちに持ってきていた。市役所の人が運んできてくれた大きな業務用冷蔵庫のなかに入りきらなくて、もう、足の踏み場もないくらい。

ぐううううう、とわたしのおなかが鳴った。でも、カレーをつまみぐいしたりしたら失格になる。今日の夜の七時半に、大会がはじまる。一年に一度の大会。

〈だれが一番カレーをおいしくたべることができるのか〉

それを決める大会。たべるカレーは、町の人たちがそれぞれ作ってきたやつ。会場は前回のチャンピオンの家。優勝したら、映画がタダになったり、税金が安くなったりする。学校や仕事を勝手に休んでも怒られない。

わたしとママとパパと弟のタクミはいろんなカレーに囲まれながら、まっすぐ立って、目を閉じて、心を落ち着かせていた。ママはもちろん二連覇を狙いたいし、わたしだって優勝したい。わたしが優勝したら、歴代の最年少チャンピオンだ。

「トイレいきたい」とタクミがいった。

「気をつけて」とママ。

「カレー、踏まないようにな」とパパがいう。

「わたしもいきたい」ってわたし。「タクミ、いっしょにいこ」

ほこりを立てるわけにはいかないから、ゆっくり、ゆっくり、幽霊みたいに、いくつものカレーの合間を縫ってトイレに向かう。

「タクミ、ひとりでできるよね」

「べー！」

タクミはあっかんべーした。舌がすごく黄色い。カレーのたべすぎだ。むかつく。わたしはなにも言い返すことができなかった。だって、前回の大会でタクミはベスト16にまで入ったのだ！　5歳のタクミがだよ？　これはもうものすごい快挙だった。タクミはチャンピオンになったママといっしょに、連日テレビに出たりした。

「やっぱり、ご家庭ではなにか特別な教育をされてるんですか？」とアナウンサーがいった。

「いえ、そんな……」とママがいった。

「タクミくんはどう？　なにか成功の秘けつとかってある？」

「ねむたい」とタクミはいった。

「ねむたい？」

「タクミ、もうちょっとがまんして。すいません」

「いえいえ」

「ねえええええむうううういいいいい」

ねむたいってテレビカメラの前でいっただけなのに、タクミはすごくかわいくて無邪気な男の子みたいになった。実際はそんなんじゃない。わたしの靴のなかにカエルを入れようとしたり、自分がしたおならをわたしがしたことにしようとする。でもわたしは去年の大会以来、なにも言い返すことができない。タクミの順位は16位で、わたしの順位は14897位なのだ。

がーん。がーん。がーん。リビングにある時計が鳴った。夜の七時だ。玄関が開いて、町の人たちがうちに入ってきた。これは大変なこと。四人家族のうちに、町の全人口である16077人が入ってきたのだ。それと、審査員として何十人もの市役所の職員さんが。

ママとパパは何日もかけてうちを掃除したり、おしゃれだって思ってもらえるように小さいリスや猫の置物やどこか外国の写真を飾ったりしていたのだけれど、そんなのはだれも見ていなかった。みんな、冷蔵庫のなかや机や床の上のカレーを手に取って、ぎゅうぎゅう詰めで立っている。一階に入れなかった人たちは二階や屋根の上にいった。天井がきしんで、家が壊れちゃいそう。ママがため息をついた。パパが、やれやれ、といった感じで肩をすくめた。ママがもう一度ため息をついた。

「これ、やだね、ママ」とわたしはいった。「チャンピオンの家が次の会場になるのって。なんで？　しきたもごもごもご」

パパがわたしの口をふさいで、わたしはもごもごもごとしかいえなかった。しきたりってやつ？　わけわかんない、ってわたしはいおうとしたのだ。こんな一軒家で大会を開くんじゃなくてさ、野球場とかを借りてみんなで楽しくカレーをたべればいいじゃない、ってわたしは思う。でも、そういうのってあまりいってはいけないことらしい。この大会は、ひぃひぃおじいちゃんが子どもの頃からあった、歴史があるものらしいから、7歳のわたしの意見なんてだれも聞いてくれない。

「ねえちゃん。だからだよ」

タクミがわたしの太ももを叩きながらいった。そんなこと、わたしが一番わかってる。わたしはこの大会自体に疑問を抱いてしまっているから、きっとわたしは今年もひどい顔でカレーをたべてしまう。どのカレーも、ほんとにおいしいのに。

「あんた、性格わるいよ」

「ねえちゃんの弟だもん」

「そういうところ」

「ふたりとも、しずかに」とパパがいった。「もうすぐはじまるぞ」

だいたい、優勝の特典が映画がタダになったり、税金が安くなったりするってなんなんだろう。町中を巻き込んだ大会のわりにはしょぼいと思う。学校や仕事を勝手に休んでも怒られないのはうれしいなって思うけど、ママは優勝しても一日も仕事を休んだりしなかった。テレビのインタビューとか、『カレーで笑顔になる方法』っていう本の執筆でこの一年間ママはすごく忙しそうだった。あんまり遊んでもらえなかった。そんなことを考えていると、どこかから、パン！　ってピストルの音がした。七時半だ。大会がはじまった。

わたしは足元にあったカレーを拾った。やる気がある人たちは、どういったカレーをたべるのか事前にちゃんと決めていて、ポジショニングにぬかりがなかった。わたしはなんだかやぶれかぶれになっていたから、どんなカレーでもよかった。

わたしがたべているカレーには、虹がかかっている。正確にいえば、ごはんがアーチ状に固められていて、ナスビとかパプリカで虹の色が表現されている。こういう、見た目が楽しいカレーってけっこうある。〈デザイン賞〉狙いのカレーだ。

満員電車を100倍にしたくらい、人が密集している。160777人がカレーをたべる、スプーンがかちゃかちゃいう音が家のなかに響いている。みんな無言で、自分がいかにカレーをたべることに集中しているのかをアピールしている。顔はすっごい、ピエロみたいな笑顔だけれど、こっそりライバルのおなかに肘打ちしたり、相手の靴と靴下のあいだにカレーをこぼしたりしている。やられた人は、怒ったりできない。怒ったら順位がガタ落ちだから。笑いながら、審査員にばれないように、別のだれかにいじわるしてる。

ママは前回のチャンピオンで、タクミはベスト16だから、あたりがきつい。ふたりだけじゃなくて、パパもわたしも、わたしたち家族は町内のみんなの標的になっている。わたしたちが顔をしかめるようにと、小さいリスや猫の置物がさりげなく床に落とされてママの心が削られていくし、さりげなくタックルやスライディングをされて、パパの体が削られていく。外国の写真は破られ、ママのお気に入りの食器がわれる。きのうおわった宿題のプリントはカレーで読めなくなったし、タクミのぬりえがぜんぶカレーの色になる。パパは耳のなかにカレーを入れられて、ママのめがねがスプーンでわられる。ママとパパはタクミとわたしを守るために背中あわせになっていて、ふたりのあいだにわたしとタクミがいる。

「おしくらまんじゅうしてるみたいだね」とママがいった。

「え？　あー、たしかに。ママうまいこというね」とパパがいう。

「ふたりとも、しんどくない？」

ママとパパは、家や自分たちがきずついていくのなんてささいなことだとでもいうように、お互いに顔を見合わせて笑った。

「ねえちゃん、ないてるの？」

タクミにそういわれて、わたしは自分が泣いていたことに気づいた。ひとさし指を口にあてて、ママとパパにはいわないで、とタクミに示した。タクミはわたしの顔をじっと見ていた。

泣いているところを弟に見られたくなくて、わたしはがつがつカレーをたべたのだった。

すべての参加者がカレーをたべおわると、その場で結果発表と表彰式がおこなわれた。ママは58位で、パパが1056位、タクミは2991位だった。

わたしは、1位。

「涙を流してカレーをたべているのが、大幅な加点となりました。グッときました。おめでとう」

市長がそういった。

「あの……ちがうんです。そういうんじゃ、ぜんぜん、ないんです」

わたしはそういって、優勝を辞退した。

市長や町長は、町おこしになるからとわたしをなんとしてもチャンピオンにさせたがっていたけれど、ママとパパは「この子が決めたことですから」といってくれた。

家から他の人たちが出ていくと、わたしたちはほぼ一日かけて家を掃除した。

「もうこりごりだね」といって、ママがウインクした。

「おなかすいた」とタクミがいった。

「さっきたべたばっかりなのに？」

「うん。オレ、カレーがたべたい。オレたちだけで」

パパがタクミを肩車した。わたしはママと手をつなぎながら、タクミとあっかんべーしあった。

夜

冬休みになると私たちはおじいちゃんの家にいっていて、それは六年つづいた。そのあいだにおじいちゃんは死んだし、両親は離婚した。家族が減ると使われない部屋が増えた。母が出かけていて、妹が昼寝しているとき、私はそれらの部屋を順番に勢いよく開けた。窓から差し込んでいる光のなかに埃が舞い、床に落ちて静まるまで何秒かかるか、数えるのが好きだった。

家は湖のそばにあった。窓の外を見ると、湖に枯れた木の影が映り、さざ波といっしょにこちらに向かってきては途切れた。

湖は浅く、藻や苔のために緑がかって見えた。妹がころんと吐き出す痰の色によく似ていた。ときどき、ひとがきていたのだと思う。冬休みの初日に母の運転で湖まで着くと、ほとりの土が黒くなっていたり、古びたタイヤや冷蔵庫が置かれていたりした。私たちがくる前に、だれかが焚き火をしたり、ごみを捨てにきていた。しゃがんで、それらを覗き込んだ。指先でつまんで、雑誌のページをめくろうとすると、もう雨でふやけていて、ちぎれた。顔を上げると母は家の方に向かっていて、妹は、私と母のどちらを真似すればいいのかわからなかった。だれもいないところにひとりで立っていた。両手を伸ばして、反対側にいる母と私のどちらにも手を振っていた。

だから、足元にお気に入りのぬいぐるみが落ちていた。

妹が父にせがんで買ってもらったもので、ひとのぬいぐるみだった。家に入ると、前の日の雪が溶けて、濡れた土がついたぬいぐるみを妹とふたりで洗った。

「うーたん」と妹は咳き込みながらいった。名前を呼びながら、お湯を貯めたバスタブにぬいぐるみを浸けて上げるのを繰り返した。最初、蛇口からは赤錆びた水が出て、そのなかで、ぬいぐるみの起毛にまとわりついていた空気が無数の泡になって浮き出てきた。

ふたりでぬいぐるみを絞り、母に干してもらった。妹はぬいぐるみと一緒にねむろうとした。まだ乾いていなかったので、私は妹がぬいぐるみをベッドに持ち込まないように、妹の体を抑えていなければいけなかった。

ふたりでくすぐりあって笑い、そのまま私はねむった。

音で目が覚めた。寝返りをうつと、妹が床であぐらをかいていて、私からは後ろ姿が見えた。顔を下に向けていて、首から上がないみたいだった。

「おはよう」と私はいった。

妹は返事をしなかった。

小刻みに体が震えていた。咳をしていた。私はベッドから降りて、妹の背中をさすった。

脚のあいだにぬいぐるみがあって、妹は顔をうずめていた。

「咳、とまらない？」と私は聞いた。

ぬいぐるみを触ると、まだ濡れていた。

私はカーテンを開けた。まぶしくて、自分の睫毛の先で光の玉がいくつも出来ているのが見えた。

「こっちきなよ」と私はいった。「うーたん、あったかいのが好きでしょ？」

「うーたんここでいい。うーたんもその方がいいって」妹は灰色のカーペットの真ん中から動こうとしなかった。

妹は自分のことをぬいぐるみと同じ名前で呼んでいた。私はそれがあまり好きではなかった。

窓の外を母が通りがかった。私と妹の部屋は二階にあって、湖を背にして母がこちらを見上げた。手を振ってきたので、手を振り返した。

「ママ仕事いっちゃうよ」と私は妹にいった。咳はしていなかったが、ぬいぐるみを抱いたまま妹はそこを動かなかった。

私と妹は冬休みだったが、母はそうではなかった。

「今日、なにする」と私は妹に聞いた。

「わかんない」と妹はいった。

妹の目は充血していた。木の枝みたいに毛細血管が走っていて、私が見ていると三ミリ伸びて分かれた。

「あんまり寝れなかったんだ?」と私はいい、スヌーピーの毛布を妹とぬいぐるみに被せた。するとと、笑ったりするかなと思ったが、そのまま妹は大きい瘤みたいにねむった。

おじいちゃんの家で過ごすのは、その冬休みで六回目だった。湖は山道を登ったところにあって、辺りにはだれも住んでいなかった。建物はこの家しかなかった。毎回やってくる度に、なにか変わったところはないかと全ての部屋を見て回ったが、埃と虫の死骸が増えていて、物が日焼けして色が変わっているだけだった。私は退屈していた。でも、その日、呼び鈴が鳴った。

この家にだれかがやってきたことは一度もなかった。呼び鈴が鳴ったとき、私は朝ごはんをたべようとしていて、その甲高い音を聞くと、体が固まった。母だったら、呼び鈴を鳴らさずに鍵を開けて入ってくる。知らないひとだ。

私は音を立てないように玄関に向かい、爪先立ちになって、覗き穴に目をぴったりとつけた。家の前にひとが立っていた。口と髪と、鼻が真っ赤だった。目が黄色い。それ以外のところは白くて、ぜんぶが、ペンキで塗ったみたいに濃い色。襟に王子様みたいなフリルがついている。はじめて見たけど、それがなにかわかった。ピエロだ。

何十秒経っても瞬きせずにこっちを見ている。少しも動かない。雪が溶けた屋根から水滴が落ちて、右頬の同じ場所にあたりつづけている。何十分か経つと、水滴の通ったかたちに白粉が剝げて、肌色の皮膚が見えてきた。そこをまた水滴が流れて、顎まで伝う。よく見ると睫毛がなかった。なぜか眉毛は地毛で、そのことが一番こわかった。

私はずっと背伸びして覗き穴を見ていたので、ふくらはぎが限界だった。前のめりになってしまい、ドアに指が触れた。その音をピエロは聞いていた。覗き穴を見た。目が合った瞬間、私は家のなかに走った。

階段の下までたどり着いたとき、玄関の鍵が回る音がして、ピエロが家のなかに入ってきた。

私は部屋に向かった。妹はまだ、毛布のなかでねむっているようだった。

「アオ、起きて」妹の体をゆすった。「あのね、アオ」

「その名前で呼ば――」

私は妹の口を手でふさいだ。

「うーたん」と私はいった。「うーたん。いまからお姉ちゃんとあそぼう」

「やだ」

「しゃべっちゃだめなの。これは、うーたんがぬいぐるみのうーたんになるあそび。お姉ちゃんがあんたのこと、本物のうーたんみたいにつれまわすの。いい？　わかった？」

妹は頬を膨らませて、へこませた。それから、「たのしくなさそう」といった。私がまた妹の口をふさぐと、くすくす笑った。

「だれかいるのか」

部屋の外から、声が聞こえてきた。ピエロだ。階段のあたりにいるのかもしれない。妹は首をぐーっと伸ばして目を大きく開き、声の主がだれなのか知りたいと私に示していた。私は無理やり微笑んで、なにもいわなかった。妹は濡れたぬいぐるみを私のズボンにあてていて、不快だった。

ピエロが階段を登ってくる音がする。私たちの部屋は廊下の一番奥にある。ピエロが手前から部屋を見ていけばその隙に一階にいけるかもしれない。リビングには、電話がある。

扉が開く音がした。どの部屋だろう。隣ではないはずだ。できるだけ階段から遠く、かつ私たちが気づかれずに移動できる距離――考えている暇はなかった。私は妹の手を取って、部屋の外に出た。

妹を前に立たせていたので、ゆっくりとしか進めなかった。私は妹の目を右手で覆い、口を左手で覆っていた。耳もふさいでやりたかったが、私の手はふたつしかなかったし、妹はぬいぐるみを抱えていなければならなかった。

私と妹の部屋以外、すべての部屋の扉が開いていた。私たちではない家族の絵が架かっている部屋があった。いつ見ても机の上に食器が並んでいる部屋があった。空の車椅子に影が被さっている部屋があった。以前に鳥がぶつかって、血と羽が窓にまだ残っている部屋があった。

ピエロは箪笥とベッドだけの部屋にいた。

前を通るとき、ピエロの後ろ姿が見えた。首のうしろも、手も、さっき覗き穴から見えていなかったところにも白粉が施されていた。白いブラウスを着て、黄色い縞模様の入ったさつまいも型の青いズボンを履いていた。靴は黄色だった。この家と湖と比べると、なにもかも鮮やかだった。ピエロはなにかを探していた。引き出しを漁り、なかのものを確認すると、上半身だけをよじって引き出しの裏を見ていた。私と妹はそこを通り過ぎて、階段を降りた。

じきに、私たちの部屋が開かれ、ピエロは私たちを見つけようとするだろう。私は電話の子機を摑むとキッチンにいき、シンクの下の扉を開けた。ふたりも入るには小さすぎたが、妹といっしょに、体をねじ込んだ。脚の上をネズミが横切っていった。おどろいて腰を浮かして、もどしたとき、お尻の下でなにかが潰れた。ほかのネズミかもしれなかった。

妹は本当にぬいぐるみになったみたいに静かにしていた。それでも、いつ声をあげて喚きだすかわからない。

電話のボタンを押した。0――ピッ。8――ピッ。0――ピッ。ダイヤルボタンの音が、とても大きく聞こえる。私は数秒待った。それから、扉を開け、妹をなかに残したまま、キッチンからリビングを覗き込んだ。ピエロは、どこにいる。

視界の端に、なにか動くものがあった。リビングと廊下を仕切る扉には擦りガラスがはめ込まれていて、その向こうでピエロのシルエットが動いている。白い腕が振り回されている。上半身を後ろに反らし、前にかがめた。左右に脚を捩じり、首をぐるぐる回した。真上にぴょんぴょん飛び跳ねている。ラジオ体操だ。私と妹を殺す準備をしている。

私はシンクの下にもどり、なるべく音が響かないよう、子機をぬいぐるみに押し当て――ピッ、ピッ、ピッ、ピッ、ピッ、ピッ、ピッ、ピッ――母に電話をかけた。コール音が何度もつづいた。

「ママ！」と私はいったが、聞こえてきたのは機械の声だった――お掛けになった電話番号は、現在使われていないか、電源が入っていないため……

妹が呟き込んでいた。私は妹を抱きしめて、泣いてしまいそうだった。警察に電話をした。

「ピエロが……おじいちゃんの家で」と私はいった。「湖のそばで……」私はこの家の住所を知らなかった。「ピエロが……」警察のひとは、いたずらですか、といった。それから私は父に電話をかけた。七コール目で繫がった。

「パパ」と私はささやいた。「助けて。パパ？」

「だれ」と声がした。

「あ、レナちゃんね」と声がした。

父の再婚相手だと思う。

「どうしたの？」と私に合わせてささやいた。まるで私が、そういうあそびをしているみたいに。

「元気？　来年中学生だっけ」

「家にピエロが……」

「妹ちゃんは、体はどう？」

妹ちゃん。

私の妹の名前を覚えてない。

死ねと思ったとき、扉が開いて、目の前にピエロの顔があった。

「みぃつけた」

ピエロが口をぱっくりと開いた。口角が両側から、つむじまで上がっていった。黄ばんだ歯はがちゃがちゃで、外国の海岸線みたいに尖っていた。その向こうに舌があって、表面が白くてきたなかった。さらにその向こうは、真っ暗い闇だった。

ピエロの顔のうしろに、ひとが立っていた。母のズボンを履いていた。ピエロは私の腕を摑んで、引きずり出した。私はキッチンにひざまずく格好になった。顔を上げると、母のズボンを履いているひとは、母の顔をしていたので、母だった。

母はかがんで、私のそばを通り越して、妹を引きずり出そうとしていた。

母にはピエロが見えていないみたいだった。

私は立ち上がったが、ピエロと目を合わさないように、床の埃をずっと見ていることにした。

「わ」と母がいった。「うーたん、すごい熱。病院いかなきゃ」

ピエロと目が合った。急に、しゃがみ込んできたのだ。

「レナちゃん」とピエロはいった。「おしり。おしり」

ピエロが、おえっ、とえずいた。胃のにおいがした。私のお尻で、ネズミくらい大きな虫が潰れていた。「おれ、そういうの、ほんとだめなんだよなあ」とピエロはいい、えずきながら、四つん這いになってキッチンを出ていった。

ピエロが遠ざかっていく。私は拳を握りしめ、肺が散るほど胸のなかで雄たけびを上げた。

うおー。退治したぞ！

そのまま立ち尽くしていると、母が妹と私の分のコートを持ってきた。私たちは車に乗って、病院に向かった。

ぐねぐね、山道を下っていった。母は無言で運転していた。私が話さないので、私がねむっていると思っていた。妹は私の膝に頭を乗せて、私を見てなぜか笑っていた。私はもっと笑えと思って、目玉をぎょろぎょろ回した。

妹がいった。

「お姉ちゃんの目、ぶどうみたい」

突然、私は気がついた。窓の外に、なにか黒いものがある。

「これ、なに」と私は母にいった。

「なにが」

「黒いやつ」

「かみのけ」と妹はいい、私の髪を抜いた。

「痛い！」

「こら、お姉ちゃんの髪の毛抜かないの。それで？　黒いやつって？」

「外の」

「鹿が出るんだよ、このへん。轢き殺してしまったことがある」

「鹿じゃないと思う。外が、変。口のなかみたい。黒くて」

「へぇ。私たちたべられてるんだ？」

「わからない。外の黒いぜんぶのやつが、こっちを見てる気がする」

「ぜんぶ……。もしかして、夜のこと……？」

夜。

「夜」と私はいった。「なんで夜になってるの」

「なに？　むずかしい話？」

「さっきまで朝だったのに。ねぇアオ、さっき朝だったよね」

「うーたんだよ！」

「さっきって。あんたたち、何時間もあそこに隠れてたじゃない。ママが仕事から帰ったら、おじさんが困ってて、ママびっくりしちゃった。出てきなさい、って、おじさんとふたりでいってもさあ。あ、あんたも熱あるの？　いっしょに看てもらう？」

「おじさんってだれ」

「おじさんはおじさんでしょ」

私におじさんはいなかった。

私は振り返った。道路が、黒い、夜のなかに吸い込まれていくだけだった。なにも、私たちを追いかけてきていなかった。

振り返ると、母がミラー越しに私の目を見ていて、じっと、そらそうとしない。母が私から目をそらさない。母は前を見ていない。カーブが近づく。対向車を掠める。急カーブがくる。大型トラックがやってくる。

「ごめん」と私はいった。「私の勘違い。疲れてるのかも。あ、熱はないから」そういって、寝たふりをした。

病院に着くと、ほかのひとの病気がうつるといけないから、と母がいって、私は車のなかで待つことになった。

私の隣にはぬいぐるみがいた。

「アオに忘れられて、かわいそうだね」と私はいった。

返事はなかった。

このまま、ふたりとももどってこない気がした。

家に帰ると、ピエロがからあげを作っていた。母の話では、このピエロが私のおじさんで、母の弟らしい。

「どうだった？」とピエロがいった。

「インフルエンザではないみたい。薬もらってきた。車のなかで元気にしてたから、大丈夫だと思うけど」と母がいった。

「あはははは！　カズキおじちゃん、なんでピエロなのー」と妹がいった。

「ん？　今日はずっとそうだっただろ？」とピエロはいった。

「うーたんぬいぐるみだったから！」と妹はいった。ピエロは、とりあえず笑っておこう、といった感じで笑った。

私はからあげが好きだった。ピエロが作ったからあげは、めちゃくちゃおいしかった。今日はこわいことがいっぱいあった。からあげをたべていると、朝からなにもたべていなかったことに気がついて、涙が出てきた。

私は両手にレモンを持って、両方のこめかみの横から絞った。そうやって、涙を隠そうとした。

次の日もおじさんはいた。妹とふたりでおままごとしていると、おじさんがリビングに入ってきた。

「なにしてんの」とおじさんがいった。

「ずずず」と妹がいった。

「ずずず」と私がいった。

それは私たちがうそのカップラーメンを啜っている音だった。

「なに？　なんかたべてる？　うどん？　落語の練習？　おれの分ある？」

「ない。なんで今日もピエロの格好してるの」と私はいった。

「ふぁふぁはんのふんふぁふほ」と妹はいった。妹はうそのカップラーメンの容器を歯でくわえて、くちばしみたいにしながらしゃべっていた。うーたんの分あるよ、と妹はいっていた。

「なんて？」とピエロはいった。

「教えない」と私はいった。

「教えてよ」

「なんでピエロの格好してるの」

「これは変装。おじさん悪いひとだからね」

そういって、ピエロは私のことをじっと見た。よく見ると、私の手首になにか指みたいなものがついていた。きのう、私が潰した虫の脚だった。私はそれをつまみあげて、ピエロの顔の前まで持っていってやろうかと思った。

私と妹は母が仕事から帰ってくるまで六時間おままごとをしていた。そのあいだ、ピエロはずっと立って私たちを見ていた。途中、刺しちゃったんだよね、とピエロはぽつりといって、冗談だけどね、と付け加えた。

また、夜がきていた。

お風呂に入ったあと、妹は腰を深く曲げて階段を上がった。

「とことことことこ」

自分の手を階段につく代わりに、両手で持っているぬいぐるみの足を階段につきながら上っていた。

「え！」と妹がいった。そのまま、しばらく動かなかった。無言でこちらを振り返った。

「なに？」と私はいった。

「うーたん」と妹はいった。「うーたん？」

妹はぬいぐるみを耳の横でぶんぶん振った。壊れたなにかを、無理やり直すように。

階段の照明で妹の顔が逆光になって見えにくかった。それが、私が追いついて横に並ぶまでつづいた。

妹は私の太ももを摑んで私を見上げた。すごく強い力で、拍子に転げ落ちそうだった。

「うーたんがなにかいってる」

私は妹の手からぬいぐるみを取って、耳にあてた。

そのまま、まっすぐに落とした。階段の縁にあたって、三十七段落ちた。

私はそれを拾い上げに階段を降り、上がってくるときには、笑顔を作っていた。

「なんにも聞こえないよ」と私はうそをついた。

ベッドに入ると、妹はベッドで仰向けになってそれをきつく抱きしめて、首を曲げて顔を擦りつけた。

「ちがうよ。うん。え？　あははあは」と妹はいった。

「は・い・い・ろ！」と妹はいった。

「うーたんは三の段までできる。てんさいだからあ」と妹はいった。

「なんでそんなこというの」と妹はいった。

「ひと」と妹はいった。

笑った。

妹はそれを振り回した。何度か、私の耳にあたった。音が聞こえた。ピエロが、空いた部屋でなにかを探しているのだろうと思うことにした。

目が覚めると、赤いもやもやが空を泳いでいた。私は寝ぼけているんだ。目やにを取って、ねっちゃりした薄い膜を目から擦り落とした。窓の外をもう一度見ると、赤い色は橙色で、ももやもやというよりはたくさんの玉だった。それらの奥に、もっと大きい玉があった。私より、この家よりも大きい。湖に映り込んでいて、そこに収まりきっていなかった。いまは夕方なんだ。空にあるのは雪なんだ。

いまは……夕方……なんだ。空にある、のは……雪、なんだ……。

いまは夕方なんだ！　空にあるのは雪なんだ！

振り返ると、ベッドの上にはだれもいなかった。私はそこに向けて上半身を折り、におった。

私と妹だけのにおいがするか確かめた。

扉が開いた。

見ると、だれも立っていなかった。

私が扉までいって顔を横に向けると、女の子が廊下を曲がって階段を駆け降りていくところだった。

それについていくと、リビングがあり、食卓があり、妹がいて、ピエロがいて、ふたりは馬跳びしていた。ひとりずつ私を見て「こんにちは」といった。

「姉さん」とピエロがいった。「帰ってこないよ」

「しっちょおだって」と妹がいう。

「急に？　いつまで？」

「うーたんが大人になるまで」

「そんなわけないでしょ」

「お姉ちゃんだれと話してるの」

「おれ疲れたわ」

「うーたんも」

妹とピエロは馬跳びをやめた。私はぬいぐるみがどこにあるのか探した。私の足元にあった。妹はそれを拾いにこなかった。ピエロといっしょに、空いた部屋に向かった。

「なにか探してるの？」と私は閉まった扉の外から聞いた。

「かーくーしー、えっと、なんだっけ。おじいちゃんのやつ」

「財産」

「かーくーしー、ざーいーさーんー」と妹の声はいった。

私は部屋にもどった。それから、すぐに部屋を出た。ぬいぐるみがリビングにあるままなのを、見た。また部屋にもどった。部屋にぬいぐるみはなかった。

それなのに声が聞こえてきて、私は次の日ぬいぐるみを捨てた。

泣いたり、喚いたり、妹はしなかった。その前の日から妹はピエロとねむるようになっていた。

私はまったく安心して、何日もねむった。

ピエロといっしょに、妹にピエロのメイクを施した。

ラジオ体操をした。

からあげがおいしかった。

目が覚めると、夜だと瞬時に理解した。外が黒い、だからいまは夜なのだ、と、思う暇もなかった。夜だったから夜だった。

窓の外を見ていると、私の眼球の左下の方でなにかが動いた。湖のそばになにかがいて、動いていた。見つづけていると、光った。何度か光っては、また暗やみにもどった。光は空から落とした絵の具の一滴みたいに放射状にはじけて、届いた。

だれかいる。ゴミを捨てにきたのかもしれない。母が帰ってきたのかもしれないと思った。

外に出ると、この家を包囲するようにゴミの山があった。

「レナちゃん」私は名前を呼ばれた。首を振り回して、周囲をぜんぶ見たが、ゴミの黒い輪郭しか見えなかった。

「レナちゃん」ともう一度声がして、真正面から人型のなにかと、ゴミを踏む音が近づいてきて、私の目の前で止まった。

「笑って」とそれはいって、爆発したように光った。

光で私の目が閉じる前の一瞬、私はそのひとを見た。見たことのない男のひとだった。顔のかたちが卵みたいで、禿げていた。そのひとの顔はそれしか見えなかった。顔の前に、両手で持ったポラロイドカメラがあって、顔を隠していた。

「だれ」と私はいった。

「おれだよ。おれおれ」とそのひとはいって、カメラを自分に向けて、自分の姿を撮り、出てきた写真を私に渡した。

がちゃがちゃした歯で、だれかわかった。ピエロだった。メイクをしてない。ピエロじゃないおじさんの顔をはじめて見た。そのほとんどは至近距離からのフラッシュの光で白くえぐれていた。

「なにしてるの。なんで写真撮ってるの」

「んんー。なんかないかと思ってさあ、どこ漁ったか覚えておこうと思って、写真、ほら、これはレナちゃんの」

おじさんはさっき撮った私の写真を渡した。私の目から下と、顎までが映っていた。

「レナちゃんはなにしてるの」

「なにもしてない」と私はいった。「私はなにもしてない」

「そっか。じゃあ手伝ってくれる？　なんか売れそうなのがあったら教えて」

「やだ」

「じゃあ、おやすみ」

ゴミを漁る音は朝までつづいて、カメラの光は太陽で見えなくなるまで、私の部屋の窓にまで届き、窓のかたちが壁に映っていた。

「おやすみ」と私はいった。

おじさんに背中を向け、家のなかにもどろうとすると、ゴミにつまづいてこけた。目の前にぬいぐるみがあった。

こんなところに捨てた記憶はなかった。

私はそれを手でぎゅううっと摑み、湖に放り込んだ。腹の上に石とゴミを乗せて、浮かんでこれなくした。その上に氷が張り、もうどこにも逃げられなくなるまで見ていた。

次の日、母が出張から帰ってきた。

母が帰ってくると、おじさんは母の財布から二万三千円盗んで姿を消した。

妹は私とねむるようになった。最初は、おじさんもぬいぐるみもいなくなったことに不服そうだったが、すぐに私に夢中になった。冬休みが終わって、私が高校進学のために寮に引っ越す日、妹は私の靴を抱きかかえて、飽きるまで離さなかった。

私たちはもう冬休みになってもあの家にいくことはなかったが、ずっとあとに一度だけおじさんの姿を見たことがある。がちゃがちゃした歯で、だれかわかった。おじさんは女のひとと腕を組んで歩いていて、どちらも豹柄の服を着ていた。びっくりするほどゆっくりした足取りで、私の正面から歩いてきた。そのときはカズキおじさんはもうおじいさんだったが、女のひとはもっと老いていた。私もおばあさんだった。

「カズキおじさん」すれ違うとき、私はいった。おじさんは目を動かして私を見たが、すぐに前を向き、通り過ぎていこうとした。女のひとは、私に気づいてもないみたいだった。

「ひさしぶり！　元気？」と私はふたりに合わせて後ろ歩きしながらいった。

「お母さんのお葬式にこなかったことはもう怒ってないから、線香だけでもあげにきてよ」と私はいった。

「私と妹の家の住所知ってる？」と私はいった。

「おじさん、もうメイクしないの？」と私はいった。

おじさんが立ち止まって、私を見た。女のひとは前に歩きつづけようとしていた。

「メイク？」

「ピエロの」

「ピエロ？　なに？　それ、なんのことですか」

「あ、そっか、ごめんね」と私はいった。おじさんは、隣にいる女のひとにピエロのことを知られたくないのだ。私は笑った。

ヴァンパイアとして私たちによく知られているミカだが

ヴァンパイアとして私たちによく知られているミカだが、実は海の向こうではあまり知られていない。私たちはそのことを知らなかった。ミカもそのことを知らなかったかどうか、私たちは知らない。どういう経緯でミカが死んだのかも知らない。そのことはたいした問題ではない。

血を飲んでみない？　と私たちがいったのを、私はなんとかすればよかった。

まず、ミカはホテルの私たちの部屋に入ってきたときに泣いた。私たちは、遅れて夜便にのって、そして何時間かの陽の光をやりすごし、夜にホテルにやってくるミカをサプライズしてあげようと思っていた。別になんの記念日でもなかったけど。私たちはクラッカーを鳴らすのやら、パイや枕を投げたり写真を撮ったりするのに夢中で、最初ミカが泣いていることに気づかなかった。最初？　ううん、何時間か経って、見回りの先生に怒られたあと、電気を消してベッドに入るまでミカが泣いていることに気づかなかった。だってミカはなかなかサングラスをはずさないから。でも私たち、どうして泣いているの？　なんて聞かなかった。ミカにはミカの事情があるのだろうし、もし聞いていたら私たちはきっと朝までミカに賛同したり、同情したりしなきゃいけないから、その日はそのままねむった。

そう、ねむった。私たちはおかしな点に気がつくべきだった。だって、どうして、ヴァンパイアのミカが夜にねむっていたの？

次の日の朝、起床のアラームで私たちが起き、冷蔵庫にかくしておいたビールを飲んで、たばこを吸って、ガムを噛んで、歯をみがいて、写真を撮り、シャワーを浴びて、コーヒーを飲んで、たばこを吸って、ガムを噛んで、スキンケアしているときになって、私たちはようやく、カーテンが開けっ放しになっていて、部屋に陽の光がもろに入っていることに気がついた。そして、まだねむっているミカは布団をぜんぶひっぺがえしていた。ミカが腐ると思った。ミカの荷物はスーツケースひとつだけだったから、私たちは棺を借りにホテルのロビーにいこうと思ったけど、私たちはまだ身なりが完璧ではなかったから、まずお化粧と髪の毛のセットをして、写真を撮るまでをしなければいけなかった。それから、ロビーに棺を借りにいった。でも、棺はなかった。先生のところにもなかった。写真を撮った。私たちは当然、棺くらいホテルか学校側が用意しているものだと思っていた。

部屋にもどるとミカはまた布団をひっぺがえしていて、陽の光をもろに浴びていた。まだミカは腐ってはいなかったけど、時間の問題だと思った。とりあえず、私たちはスーツケースの中身をぜんぶひっくり返して、いろいろな色のたくさんの服をぜんぶミカにかぶせた。ミカが服を払いのけるといけないと思ったから、つなげたドライヤーのコードでミカをしばった。写真を撮った。でも、私たちは思い直した。私たちは私たちの服が皺だらけになるのが嫌だった。ミカのヴァンパイアくさい口臭が服につくことが嫌だった。そこで私たちは名案を思いついた。幸いにもミカのスーツケースは大きかったから、中身をうっちゃるまでもなく、ミカをそのなかに入れた。写真を撮った。念のために鍵をかけた。最初からミカはスーツケースを棺にするつもりだったんだ、ってことにした。うん。そうだよね。そうだね。そうそう。そうじゃないかな。そうに決まってる。もちろん、私たちの服はミカから剝ぎ取った。そして私たちは朝ごはんを食べに食堂に向かった。写真を撮った。先生にはなにもいわなかった。だってミカはヴァンパイアだから。日中はねむるものだから。朝ご飯を食べて、たばこを吸って、写真を撮り、私たちは町へくり出した。

私たちは陽が沈んだらスーツケースを開けてあげようと思っていた。夕方には一度ホテルにもどるプログラムだから、ミカを放置していても大丈夫だと思った。でも、やっぱり私たちは外国でもモテモテだったから、昼のうちにはもう知らない男の人たちといっしょにいた。私たちはやたらめったらニンニク料理を食べながら、男の人たちにミカのことを聞かせてあげた。ミカと友だちだということは私たちのステータスだったし、当然、だれでもミカのことは知っていると思っていた。けれど、男の人たちはミカのことを知らなかった。それどころか、ヴァンパイアが実際に存在していることさえ知らなかった。私たちはぷんぷんしながら写真を撮ったが、男の人たちがキスしてきたので、結局、そのまま、私たちがホテルに戻ったのは午前三時頃だった。

私たちはミカのことを心配していなかった。ヴァンパイアはその気になれば鍵くらい壊すことができる。部屋にもどったとき、ミカのスーツケースにはまだ鍵がかかっていた。私たちは、ミカはスーツケースから抜け出して、ヴァンパイアとしての人生で培ってきた知識を応用して鍵を修理し、スーツケースに鍵をかけてから外出したのだと思った。だからそのままねむった。起きて、出かけると、また別の男の人たちに声をかけられ、やっぱりニンニク料理を食べ、写真を撮り、寝て、朝方にもどりねむることを繰り返した。最終日になってもミカは部屋に帰ってこなかったが、私たちはミカはヴァンパイアだから大丈夫だろうと思っていた。

最終日に撮った写真が、私たちが私たちとして撮った最後の写真になった。その写真は印刷して、私の部屋の壁に貼ってある。私だけが止まりきれていない。私だけが、私たちに近づこうと息を殺して。

ホテルをチェックアウトするとき、私たちはミカのスーツケースをどうしようかと思った。中身が入っているようで、重たかったから、運ぼうかどうか迷った。腕が太くなるのは嫌だった。でもミカは友だちだから、私たちはとりあえず空港まで持っていってあげようと思った。その前に私たちはミカのスーツケースを開けようと思った。私たちはミカのあの白い肌の秘密を知りたかった。ミカは美しかった。ミカの美しさが、ヴァンパイアに生まれたから、ただそれだけの理由だということを私たちは認めたくなかった。だからスーツケースを開けた。

スーツケースのなかにはミカが入っていた。ミカはねむっているのだと思った。でもちがった。ミカは死んでいた。私たちはミカの黒づくめの服を脱がせた。ミカの口を指でこじあけて、牙の一本一本を鑑賞した。ミカの白く光るうなじのにおいを嗅いだ。ミカのブラジャーを外した。雪見大福のようなおっぱいの麓には、小さな傷がついていた。私たちはその傷を、木の杭で刺された傷だと思った。犯人はミカを杭で刺して、それから杭を引き抜いたのだ。私たちはその杭のせいでミカは死んでしまったのだと思った。しかもニンニクくさい。極悪非道だ。私たちは犯人を見つけたら殺してやろうと誓った。でも私たちは復讐なんて優しいミカは望んでいないだろうから犯人捜しはせずもしたまたま偶然どこかで犯人を見つけたらなにかの拍子に殺してやろうと思った。ヴァンパイア一族の絶滅に立ち会っているということに私たちは興奮した。

私たちはミカのストッキングを脱がせた。私たちはミカのパンツを脱がせた。ミカの美しさをいつまでも忘れないでおこうと思って、ミカの写真を撮った。ミカを取り囲んでセルフィーした。

ｉＰｈｏｎｅを確認してぶったまげた。ミカといっしょに撮ったその写真はいままでで一番の出来だった。その直後、地震が起きたかと錯覚した。私たちの写真が凄まじくいいねされて、通知の地震が起きたのだ。その写真を撮ったことで、ミカはもう、ミカそのものだとはいいきれなくなった。先生とも、男たちとも、クラスの他のやつらとも、私たちは私たち以外と写真を撮ったことがこれまで一度もなかった。でも、彼女と写った。彼女だから写った。ヴァンパイアとして私たちによく知られているミカだが、私たちに加えてもいいかもしれない。死んでいるか生きているかはどうだっていい。そんなことは写真になってしまえばわからない。むしろ、動かない死体の方が写真向きだ。

ここに問題がある。私たちはヴァンパイアではないのだ。私たちは調和を重んじる。私たちがミカに合わせるしかないと思った。ミカのくちびるのあいだに手を突っ込み、口を開け、牙で噛まれようとした。けれど、死後硬直がもうはじまっていて、口が開かなかった。私たちは肩をすくめ、こういった。

血を飲んでみない？

私たちがミカの白い首すじにあてていく、突き立てようとする、未熟な歯は私たちが新しい私たちになりたいという欲を先端に尖らせて、印鑑のように歯型の契約を押していく。歯型は首を鎖状に連なって覆い、痕跡たちから血が膨れ、ぷつぅ、膨らみの限界に一瞬が止まり、はじけて首で雨になっていく血を、私たちが舐める。私たちが吸う。私たちが取り込む。私たちを駆け巡る。私たちの血を新しい血が殺していく。私たちの血が死んでいく。私たちの血が蘇っていく。私たちが生まれていく。私たちがミカに、ミカが私たちになっていく。どくん、と太字で、手書きでマンガに描かれたみたいに、私たちの体が躍動し出す。痙攣する。

新しい私たち、血、体との葛藤のなかで、ゆっくり、息を練り、ゆっくり、古さを吐き出していく私たちの、危ない曇り空のように部屋を漂う息の低い気圧に吸い寄せられるようにして、ボードゲームの地図上の駒を動かすよりも簡単に、世界の冷気と闇がこの部屋に集まり、太陽から守ろうと私たちを包み込んだ黒い繭、そのなかでうねり、暴れ、叫び、血をうそぶいた私たちが伸びはじめた爪を黒い球体に突き立てると、ひび割れ、ひと筋の黒い光が現れ、パッとはじけて、なにもかもが静まりかえった、止まってしまった私たち世界のなかで、私たちの歯が伸び、犬歯になり、犬歯が牙になっていき、私たちは目を赤くかがやかせ、そして――

苦しみ出す。

陽の光が入ってきてるよ！　だれかカーテンを閉めて！　私たちがそういうから、私はカーテンを閉めた。カーテンを閉めるために光の白さを踏みつけた私を、私たちがぽかんと見つめる。なんで？　なんで日光が大丈夫なの？　噛まなかったの？　だめだよ。ひとりだけ仲間外れなんて。私たちじゃないなんて。だめだよ。いっしょだよ。ねぇ。ねぇ、なんで？　なんで？　なんで？　なんで？　なんで？　なんで？　なんで？　なんで？

薄暗くなった部屋のなかで、私たちが牙をさらけ出して、私を私たちにしようと襲いかかってくる。私は本当に、少しも動くことなんてできなかった。だって目の前には私たち分のヴァンパイアがいるのだ。でも、私たちの血はまだ、私たちに馴染んではいなかった。私を完全に、新しい私たちにできるほど濃くはなかった。私がよろめいた拍子に摑んだカーテンから漏れた光、たったひと筋の、糸のように細い太陽の、ガラス越しの弱い光、それだけで私たちは死んでしまった。

やっと死んだね、私たちはミカと同じになったね、ミカと同じになれたんだね。私たちが私たちになったね。いいなあ。私はもう、私たちじゃなくて私なんだね。一番最初に死んだ私たちのサングラスを取り外して砕いた。滴らせた、手のひらから落ちていく私の血が、私たちのくちびるの皺のなかで、根のように伸びていく。キスをした。

私は私たちが一番得意な角度に私たちを置き、私たちと写真を撮った。きれいだった、美しかった、私たちはヴァンパイアとして私によく知られている。

彼女をバスタブにいれて燃やす

外灯を窓がにじませたぶよぶよの光がたよりの部屋のなかでねむっている。よわよわしくひごしたい顔をして鼻息が秒針をけす。ねむりの浅い彼女がおきてくるまえに一撃をくわえたい。電気がとめられた部屋で包丁をてさぐる。刃を手にあてるといたさが血をだす。ミカのそばへよると私の顔が尻にあたり、しっぽが足腰をなでる。

けられてしまうかもしれないから彼女のよこにまわる。深呼吸をして目をひらき、ふるわせた体で彼女の脚にあてた包丁をひく。

もう一本の脚、次のもう一本、最後の一本に刃のあとをのこす。くずおれたミカの首を回転してきる。血は床にしみず、床にしみた液と煙霧とまじったにおい。血をふむ音は部屋のわらいごえかな。あっけない。

シチューがいいかとおもう。

シチューがいいかとおもうけど、ルーがない。

くらい部屋だけどあかくなっているのが濡れたからわかる。

水もガスも電気もとめられた部屋で口の左右を輪郭にそってきりあげ、包丁がつっかえたところでしたにおろして顎をとりはずす。骨はかたくて刃がかける。包丁は何本もある。ミカの舌は私の指先から肘よりながい。きれこみをいれてはいでいく。

口の奥の天井に包丁をさし、うえにおしていく。眉間のあたりから刃がつきでる。目をきりぬき、目やにを彼女のたて髪でふき、目玉を口にいれる。歯でしごいて核の玉をよりわけてはきだす。テレビで頭をくだく。軍手をはめて骨をわける。脳を口にいれる。かがんで腹をさくと内臓がシャワーする。

ふみつけ、肋骨をつかんでぶらさがる。隙間をあける。内側にファブリーズする。その日はミカのなかでねむる。

彼女の肉を整理してみると一か月ほどはもちそうだった。

十分の一も消化しないうちにミカはくさる。ライターをみつけたときしまったとおもう。あぶればよかった。

彼女をバスタブにいれて燃やす。

恋人というか私にお金をくれる人のクレジットカードが蹄でわれてしまって私はとても困っ

た。どこかに現金はないのかときいてもキリンはなにもこたえない。ミカがまだ人間だった空港で出迎えたときに財布をぬすんでいればよかった。

念のために靴のなかに三万円はいれておこう。

雨のように受動的にさだまったほうへながれる人びとのなかにひとりの私がたちどまると空港は映画にとられたみたい。人びとからはなれようと売店や喫茶店にはいり、砂糖や帽子などを手にとってぬけだした。アロハシャツをきてご当地タオルを首にまき、うえの半円に虹がかかったサングラスをした私がミカの名前をよんでもミカはきづかず、変装をといてはじめてふたりはだきあった。

うでのなかから汗のにおいがつよくして、もう何日もお風呂にはいっていないような獣のにおいがした。

ミカは出張ではたのしまなかったらしくてタクシーのなかでもとめた。そこまでのりきになれなかったけど運転手がミラーごしにみてくるから運転手のためにミカに舌をいれた。クリント・イーストウッドににた運転手は私たち、扉をあけられた部屋、部屋でのそれからの私たちをどうおもうだろう。人形のような体の私と巨大なスーツケースのそえもののミカ。次の客をみつけるまでのあいだ彼の頭はどうなっているのだろう。運転手のことをかんがえていたからミカの舌のいじょうさにしばらくきづかなかった。服をぬぐために長針ほどの距離をとったミカの舌が下唇からでて、クリスマスや遊戯会に園児が壁と壁に交差させるおり紙の輪のつらなりのたゆみ状に顎にもたれ、顎からさらに私の手のひら分はのびているという目のまえのことよりも、ミカをしばらくみえなくさせることのできた私の頭の密度におどろいた。

運転手の額のしわは地層のようにけしようがなくきざまれていて、くまのグミを噛む私をみるたびに鏡のなかが上下した。

汗がとけ、においのなかにべつの液となった。液は筋肉がふれ、すれ、手ばなしの力が暴力にきしみあうと泡となり、熱の霧となって部屋をおおった。煙霧で目はみえなくなり、セックスの音にかきけされた針はたくさんをきざんだ。ゆれる体と頭はしびれ、あまくなり、私たちは煙霧そのものであるかのようで、火がうかんだ瞬間にミカはふかくすい、ふかくはき、部屋は視覚をのけものにした。目いがいの器官がするどくなり、彼女のうぶ毛がふれると濡れた。煙霧にたらしたたばこでしろくなった部屋。目をつむっても瞼のうらは漂白される。

ふたつの股をつなぐ機械の電動音は波の音ですこしもきこえなかった。

死んだとおもわれた時のよみがえったながれのなかに霧は色をうしなった。生まれたてのような湯気をはっしながらミカはぎこちなかった。体がかたくなっていた。

私の肌と比べると彼女の肌はカラメルっぽすぎたけど、ひさしぶりにみると質そのものが変わったような色になっていた。

窓のそとで木々がくろくわらっていた。夜というかんじはしない。体温がのこる隣の布団のへこみに手をあてながらまよいのなかにめざめた。シャワーの音が仕切りごしにきこえていた。ミカをびっくりさせてやろうと浴室のドアを一気にあけるとミカが毛をそっているところだった。ごめんなさいと私は半わらいでいった。ドアをしめ、服をきて、たばこをすいながらまきもどしてみれば、ミカが胸の毛をそっているのをはじめてみたのだった。

彼女の胸にできはじめた模様をつなぐと星座みたいだったけど私は星座のことはよくわからない。

排水口のフィルターからミカの胸毛をとりだした。茶色や黄色にちかい色の砂鉄ほどのかたい毛があった。髪をかわかす音のすぐあとにやってきた無音をけそうとテレビをつけた。

変わった彼女の毛は角度によってもっとずっと炎のようにみえるときがあって、波の音が火の音に変わる。

口をあけてみてと私はミカにいったけど、ミカは私をみるばかりでなにもいわないでないた。ミカの上唇と下唇を摑んで上下におしひらいた。ミカが抵抗したからつよく。舌はまるめられて口のなかにしまわれていた。ミカの舌はさらにのびて唇からぶらさがった。ミカの舌のうえに涙がおちていじょうにあふれでる涎とまじり、床にたまりができた。

舌、ながくない？　と私がいうと、彼女がないた。

病院にいこうと私はいえなかった。ミカが実験動物になったら生活費をどうしよう。その時点でミカはろくにしゃべれなかったしのちにはすこしのあいだしゃべることができたけど、ミカはだれかにたすけをもとめようとはしなかった。

私は目をふくらませて彼女をみた。こんなことは生まれてはじめてのことだった。

私はソファでねむっていた。ねむるまえに洗面所にいって私からはみえないところで舌をしまおうとするミカがいた。目をあけるとあ、い、う、え、お。ミカが舌を収納したままはなしの練習をしていた。私は声をかけずそのまま目をつむり母音に身をたゆらせた。あ、い、う、涎の湖ができる。え、お、あ、波がおこり。い、う、え、私も濡れて海にうかんだ。

急に親が死んでしまったときのようなめんどくささがあった。おきたらぜんぶなくなっていたらいいなとおもってとりあえずねむった。

目をひらいてみると動物がいてねむっていた。布団から脚がこぼれていた。顔はミカのままでふきすさぶ黒髪にまもられていた。ところどころに布団の穴からでたしろい羽を装飾したミカの脚はほそく、ながくなっていた。脚は排水口でみた茶色と黄色。足はちいさく、ダイア型になっていた。蹄が産声をあげた。五本指がきえ、中心から二股にわかれていた。私は夢のなかでおきてしまっているんだとおもった。古い映画のフィルム、遺伝子的な螺旋、巻き貝、渦になった光が明滅しはねかえる。回転した目がさだまると部屋にキリンがいた。

おきるとまだそこにいた。でていってほしくてでていってといったけどなにもいわなかった。もうきこえていないというより無視だった。

毛は全身をおおった。黄色は脱色剤をつかわれた色をこえて白色となった。茶色はプリンのカラメル色になり、地はカラメルがなした。白はカラメルをしばりつけてはしり模様をつくった。膝からしたは白がしめ、二股の蹄につづいた。ミカの顔は変形し、前方につきだされた三角形。鼻は鼻というよりも孔だった。脚はのび、腕はのび、腕は脚になった。うしろの肘うらをたたく尾、背の中心にたつカラメルの、掃除道具のような感触の毛……。

たくさん写真をとった。モニターにうつしてみてみると変身途中の彼女はきみがわるかったから消去した。

首はのびていなかった。まだ人の顔をしていた。まだ言葉をもっていた。鏡をみたミカの呪いの言葉が私を撃った。私はミカをおいて部屋をでた。

むりやりおいだそうとしてもだめだった。丈夫な足腰をしていた。

たとえばあなたに電話をかけてみたけどあなたはでない。私はまえの公園のベンチに体をよこたえた。ねむろうかとおもってもあおい葉は私とともにないてくれもせず、むしろ噂話でもしているようで私は木の友だちではないのだった。それでもふるえをおさえて数分ねむり、ねぼけをうそぶいてミカの部屋にかえった。ねむってね息の手まねきにしたがってかえってくると増長した悪夢がミカをくっている、もうミカは言葉をなくしている、いわれのない非難やなげきをきかずにすむとおもった。かえってくるとそうなっていた。

彼女はなにもいわなかった。こうなることをどこかで経験したことがあるようにあきらめた顔をしていた。

瞼をつよくとじて頭のなかでシャッターをおす。ミカがドアをあけはなしのまま四足歩行で苦労して便器にすわり用をたしている姿をとる。機器でねらってミカにけられたら無事ではすまないから目のなかに記録しておく。

まさかこの部屋で生活していくつもりなのかとおこった。

うさぎの糞よりすこしおおきい糞のうえで器用に腰をうかせたミカの尻をふいてやった。汚れはほとんどついていなくてトイレットペーパーにうかぶのは血だった。ミカがはじめてすわったときから便器はおもみでわれていて、すわるたびにミカの尻に陶器がくいこんでささる。いたみをこらえてまでも人間らしさだとかなんだとかのためにミカはトイレで用をたした。私は公園のトイレをつかった。

おとされた糞はまだ人間のころの食べものがのこっていてくさかった。

ミカの顔もすっかり様になり、のこすは首だけになった。私はそれをまちのぞんだ。きたるべきときをカウントする秒のひとふりひとふりに心臓がおおきくなっていく。変身の完了はあざやかでなければいけないようなきがした。

ほんとうにいい迷惑。

よかったじゃないか。人とくらべると動物は合理的でいいじゃないか。無駄な殺しをしないじゃないか。

うそ。ちょっと私はどきどきしていた。本当に急なことだったけどスローモーションの時間だった。

ときどき親のところに金をせびりにいった。金だけをうけとると私ははや歩きでミカの家へかえっていった。まつミカの口座の暗証番号をしらないし通帳はたべられてクレジットカードや印鑑その他あれこれはふみつぶされた。親にたまに顔をあわせておかなければあきられてしまうとおもうと同時に、これではかえって愛想をつかされてしまうのではないかとおもいながらも、何度も何度も親に金をもらわなければならなかった。会話であれ食事であれ親のもとめを拒絶した私はすてられてしまった。かなしくはなく、後悔するのはおまえのほうなのだといった。

彼女の親とかに連絡したらいいのだろうかとおもったけど、なんていう？

ミカの予備としてキープしていたサキはお金をおいていってくれないままながいこと海外勤務にでてしまっていた。

そもそも私は彼女のことをなにもしらないまま関係をはじめた。

ミカの体では部屋のなかではたいしてうごきまわることもできないし、ミカの尻をふいてやらなければならない。ミカは一日に数十分しかねむらないのだから退屈だろうと私はたくさんの本をミカによんでやった。よみながら、私は口から母性をはきだしているのかもしれないとおもった。

本をたべさせてみると下痢した。

とうにつきた備蓄の食糧は、実は棚をあければふたたびそこに存在しているのではないかとおもったけどそんなことはなかった。うつろをみて落胆していると耳なりがした。テレビが故障したのかとおもったけどすこしおくれて悪臭がして、ミカが屁をしているのだときがついた。耳なりのようなたかい屁。ミカははずかしがりも悪ぶれもせずしずまった顔をしていたから祈りだとおもった。いよいよ首がのびるのだと私は汗をだした。はじめてみる完璧でうつくしい川のような成長をおもいえがいた。ミカがないた。

なきごえはほとんど牛みたいで、そうなくことは私の頭にすりあわされていなかったイメージをどうようさせ、キリンってこわいとおもった。

きれいじゃなかった。たえまなくつづく耳なりと悪臭はただの害になった。ミカの首は下手なパノラマ写真のように生えた。つみ木のように生えた。あらいデータのように生えた。きりとったような断片の首に断片の首がつづくように生えた。傷ついた私の目がノイズを生んでいた。耳なりはたかまりをやめずにおいはつよくなる。しばらくのあいだ海をきくように耳を手でつつむと、彼女の屁の音がきこえる。

波の音はきこえすぎていたためにきこえないとおなじだった。

ひらいた口の闇のはじまりのような形の公園はラグビーボール型だという人もいる。イーストウッドにあった日から一年くらい。歯のようにしげる木のしたで男や女がうえの木をみながら酒をのんでいる。ご立派だと彼らはミカをみあげる。体の模様がすてきだという。ミカを傷つけまいと半わらいの言葉がはかれたことに私はいらだつ。採掘機にけずられる岩や岩をけずる採掘機のようにふるえだす。彼らの画像をわるとほっとした。と同時に目のまえでは彼らはわらっている。ミカをはずかしめるはずが私が道の屑のようなやつらにおびやかされて下痢する。ミカのしっぽをひっぱって家にかえる。

こんなのが部屋にいたらどこにもでかけられないからゴミ袋がぱんぱんになるまででかけなかった。

本をたべさせてみると下痢した。だから私は一日ミカがたべる分の五千円分の野菜をスーパーでかっていたが金がなくなってうえるにまかせてぬすみもしない。人間らしい生活のなかにミカをおくことでミカが人にもどれるのではないかとむりやりおもった。私にまた金をもたらしてほしい。

彼女をどうにかしないといけない。

迷路を指でたどるように、するするとときにいきどまり、ミカのしろい模様を尻からスタート、うえへ、うえへとなでていくと、しろい毛はぬけていき、右に左にひらひらと、あるいは重力にまかせて床へおちていく。しろいものがたまってゆき概白の部屋はいっそうしろく、私の指から汗、胸元からも太ももからも、汗は獣のにおいとまじって熱をおびはじめた。湯気は汗と結ばれ、液の子をうみ、煙霧となるのではないだろうか。私たちのはじまりの煙霧がもう一度はじまるのではないかとミカにささやくときには私の指はミカの首、顔、肉球のかんじかたをさせる角へといく。ミカの口からたれた舌はどこかへつづく道のようで、迷路の出口かなと私の舌がつたう。液が彼女の肌にたれ、毛がぽつぽつとしめったところを指でぎゅっとおしていく。ミカの舌はそれ自体がひとつの生きもののように私をおい、胸元へとはいり、なめられた汗は涎とまじって汗でも涎でもない、液としかいいようがない。ミカの体をくだるのは遊具をおりるみたい。背中にキスをたくさんしながらミカの乳房をつかむ。かたく、たばこのようにながくてたばこのような感触の乳首をねじり、私は椅子のうえにもどり、服をぬぎ、液まみれの下着をぬぐ。

とりあえずねむっておきても急に親が死んだことがなくならなかったように彼女はキリンのままだったから、私がどうにかしてあげる。

セックスはおもってたほどじゃなかったし私たちこれからどうしようかとりあえずおなかがへってるのをどうにかしないといけないねというとミカがうなずいたから、どうにかする。

部屋のなかに外灯がにじんでぶよぶよとなった。

部屋のなかに外灯がにじんでぶよぶよとなった。

舌、ながくない？　と私がいうと、だってメグがといって彼女がないた。

バスタブにミカの骨をのこして空港にむかった。何万人がいきかうのがはやまわしのように何日もかけられて、清掃員や警備員のいれかわりをだれよりもみ送るとようやくみしった顔があらわれた。人の字の一方のように体をかたむけるとサキはうけとめてくれて私はにやけた。

ねむりの浅い彼女がおきてくるまえに一撃をくわえた。

イーストウッドは私にくまのグミをほうりこむサキと私を運んだ。さらに深くきざまれた額のしわがしわとして表情をもっているようだった。

彼女をシチューや焼肉にして、たべれないところはバスタブにいれて燃やした。

サキの部屋は海のちかくにあった。波の音でおしっこがしたくなってトイレにいくと便器はわれてないのにみすぎたわれた陶器と画像がかぶる。

あとにのこった骨を新聞紙やビニール袋に何重にもつつんでゴミ袋にいれた。ごめんなさいと半わらいながら新しい彼女をつくろうとおもった。

ミカとおなじようにサキと私もセックスからはじまる。胸をいじりながら星座みたいだとサキがいうしたで私はミカのほとばしった母音を幻聴した。カラメル色の手でつまんでくまのグミを嚙んでいるとサキの舌がはいってきた。

足のうらでよくわからないいちいさい骨がくだけたの。あの白色がキリンだったともメグだったとも全然おもえない。

舌、ながくない？　とサキがいうと、私がないた。

海に流れる雪の音

朝起きるとバケツのなかに水がたまっていた。ユキが死んだ。水たまりをどうしようかと思った。シンクに流す？　トイレに流す？　それとも雪山とかにまく？　いや、それより先にお葬式とかをした方がいいのかな。でも、僕以外の人が見たら、バケツのなかの水はただの水にしか見えないだろう。じっと水を見ていると汗が流れてきた。汗をかくなんてことは、ユキと暮らすようになってから一度もなかった。僕たちが寝ているうちにエアコンが壊れてしまったんだ。だからユキは死んだ。もう下痢に苦しめられなくて済む。暑い、なんて感じるのはひさしぶりのことで、すごく喉が渇いてきたからシンクでコップに水を入れて、飲もうと思って、思い直した。水道水はすごくまずいんだ。水なら、足元のバケツのなかにあるじゃないか。

そうだ、供養だ。供養だよな、ユキ。バケツを両手で持ちあげる。大粒の汗が首を伝う。ダンボールで塞いである窓の外からはセミの鳴き声が聞こえている。蛇口からは水が流れっぱなしになっている。ごくん、と僕は唾を呑みこむ。バケツの青さがまぶしくて、僕を非難するようにバケツの底が近づいてくる。口がバケツの縁に触れる。セミと水の音が部屋に満ちていく。

ユキとはじめて会った日、記録的な吹雪がこの辺りを覆っていた。けれど部屋のなかは暖房が効いていて、僕はただぼんやりと、雪の被害を伝えるニュースを見ていた。外では車が立ち往生し、電車が止まり、たくさんの人が事故にあって怪我をして、街頭に立っていたアナウンサーはまるでバナナの皮を踏んだみたいにきれいにこけた。僕には関係のないことだった。僕は外の世界との関わりを断っていた。いや、外が僕を拒絶した。就職に失敗する。アルバイトでは怒鳴られて、金を盗んだだろといわれて自分からやめた。でも、僕は大丈夫だった。その日はひさしぶりにパパがやってくる日だった。パパのことはあんまり好きじゃない。チャイムが鳴った。

体中が雪にまみれて、がたがたと体を震わせたパパが立っていた。

「やぁ、きたよ」とパパがいって、「おお、あったけぇ」といいながら部屋のなかに入ってきた。

「雪、大丈夫だった？」と僕は聞いた。一応、心配してるふりをしておこう。

「今日は優しいんだね」とパパがいった。

「ほら、これ、今日の分」パパは僕にお金をくれた。パパが僕の髪を撫でる。

パパとふたりでベッドに寝そべっていると、パッと灯りが消えた。

「わっ、停電かな」僕はいったが、パパはなにも答えなかった。ねむっていた。

暗やみのなか手探りで、ベッドの下に落ちていた毛布を体に巻いて、玄関ドアの上にあるブレーカーを上げにいった。

灯りがつくと、ベッドの側にひとりの女が立っていた。

「だ、だれ？」僕はびくっとして、毛布が落ちた。「どっから入ってきたんだ」窓も玄関も閉まったままだった。僕の声は震えていた。こわかったのももちろんある。でも、明らかに部屋が冷たくなっていた。エアコンが壊れたわけじゃない。停電でちゃんと消えている。

振り返った女はびっくりするほど色が白くて、黒髪のロングヘアで、白い服を着ていて、幽霊みたいだった。そして、今まで僕が見てきたどの女よりも美人だった。なにも僕は、男だけというわけじゃない。僕は思わず見惚れてしまったけど、どう考えても不法侵入だ。自衛のためにキッチンにある包丁を握ろうとすると、

「パンツ履いたら？」と女がいった。

僕は慌てて股間を隠してベッドの下にあるパンツを拾いにいったから包丁を手に持たなかった。女にまんまとしてやられたわけだ！

でも、まだ希望はあった。包丁を捨てた代わりに、ワンルームのどこかに置いたスマートフォンに一歩近づいたわけだ。通報したらいい。でも、スマートフォンを探すよりも先にパンツを履かないといけなかったし、部屋はますます寒くなっていたからパンツを履いたあとは着込みに着込んで、着込みすぎてろくに身動きができないほど着込んだからスマートフォンを探せなくて、そんな僕を見て女は笑った。笑った顔がかわいかったから、悪い人じゃないのかもしれないと僕は少し安心した。でもパパは死んだんだ。

女は僕の顔をじっと見た。きれいで、僕は目をそらしてしまった。

「おまえはまだ若い」

女は僕にそういったあと、未だねむるパパのすぐ近くまで顔を近づけて、ふぅっと息を吹きかけた。ダイアモンドの粉をなかに含んだようにきらきらと輝く息をかけられたパパの顔はみるみるうちに青ざめていった。

「このことを、決してだれかにいってはいけない」女がいった。

と、突然、僕が返事をしないうちにまた目の前が真っ暗になった。「また停電か」と僕は、ひとりごつというよりは女に向かっていったけど、女はなにもいわなくて、再びブレーカーを上げると部屋が少し暖かくなっていて、女はどこかに消えていた。

パパが起きてきたらさっきまでのことを話そうと思った。エアコンをつけて、着込みすぎた服を脱いで落ち着いてくると急に恐怖に襲われた。あの女はやっぱりなにかを盗んでいったにちがいない。「ねぇ、パパ、起きてよ！　お金、なくなってない？」僕はパパの肩をゆすったけど、パパは起きなかった。もう二度と起きなかった。


バケツが傾いていく。水が近づいてくる。水が僕の口に触れようかというとき、セミの声が止んで、声がした。

「ちょっ、待ってよ！」

僕は驚いてバケツを落としそうになった。落としていればよかったかもしれない。でも落とさなくて、バケツのなかから声がした。

「私、まだ生きてる！」

幻覚だと思った。暑いなんてひさしぶりのことだったから僕は熱が出て頭がどうかしてしまったんだと思って、体温を測ってみたけど平熱だった。

「暑い」また声がした。

おそるおそるバケツを覗いたけど、なかにはなにもいなかった。水があるだけだった。

「冷房、つけてよ」

きのうまで聞いていた声だった。

「ユキ?」僕は聞いた。

「うん、だから、冷房つけてよ、ユキオくん。あと、蛇口締めなよ。水道代かかるし」

「あ、はい」蛇口はあっけなく締まる。排水口に水道水が流れていくのを無表情で見た。

起動ボタンを押すと、エアコンがぷしぇぇといった。


パパが死んだ次の冬、新しいパパとふたりでベッドに寝そべっていると、パッと灯りが消えた。

「わっ、停電かな」と僕はいったが、パパはなにも答えなかった。ねむっていた。

暗やみのなか手探りで、ベッドの下に落ちた毛布を体に巻いて、玄関ドアの上にあるブレーカーを上げにいった。

僕はデジャブに襲われた。いや、デジャブじゃない。一年前と同じことが起こっている。やっぱりその日も記録的な吹雪がこの辺りを覆っていて、僕は嫌な予感がした。あの女がやってくるかもしれない。繰り返されているんだ。おとぎ話みたいに繰り返されているんだ。

灯りがつくと、ベッドの側にひとりの女が立っていた。あの女だ。

「パンツ履きなよ」僕がなにかをいう前に女はそういった。

「あ、はい」

でも、僕はパンツを履きたくなかった。なぜって、それは恥ずかしいパンツだったから。パパに「これを履いてくれたら五千円プラスするから」といわれたから。「八千円」と僕はいったのだった。

「どうしても、パンツ履かないとダメ？」と僕は聞いた。かわいらしく聞いた。実際、僕はかわいらしく聞くことに慣れていた。死んだパパもこれから死ぬパパも僕のそこに惹かれて僕のパパになったのだから。

「履きなさいよ」女は少し照れながらいった。

パンツはベッドの下に落ちていたけど、恥ずかしいパンツだったから僕は洗面所にいって隠れて履いて、パンツを隠すために毛布を腰に巻いて部屋にもどった。ズボンとかは洗面所に持っていかなかったから。部屋にもどるとパパの顔が青ざめていた。僕はショックで毛布を落としてしまった。

「パパ、パパ！」と僕はパパの肩をゆすったけど、起きるはずがない。僕が途方に暮れている

と、女が、

「このことを、決してだれかにいってはいけない」といった。

「またそれかよ！」僕は女の腕を摑んだ。また逃げられるわけにはいけない。「あのさぁ！　前はさぁ、いわなかったよ。こわかったし。でも、二度目だよ？　二度目。二回も、その、こんなことが起きて、警察にどういうわけ？　前のパパは突然死でいけたけど、もう無理っしょ。ほんと、いい迷惑」僕は激怒した。

「あ、うん、ごめん」と女がいった。

「は？　小さくて聞こえないんだけど」

「ごめんって」

「もっかい」

「ごめんなさい」

「あんた、だれなの？　名前は？」

「ユキ」

「へぇ、冷たくなるし、雪女みたいだね」

「……だれにも、いわないで」

僕は一瞬固まった。

「え、まじ？」

「うん」

信じられなかった。でも、急に部屋が寒くなったのも、パパたちが凍えるように死んでいたのも雪女の仕業だって考えると納得ができた。

「そっかぁ。体質？」

「うん」

「たいへん。僕もさぁ、すごく蚊に嚙まれやすかったりするー」

部屋を沈黙が包んだ。

「あ、あのさ」とユキが口を開いた。「なんとか、するから、この死体。だから、お風呂にでも入ってくれれば？　死にそうだよ？」

アドレナリンが出ていて気づかなかった。僕の手足は死体みたいな色になっている。手足の感覚さえない。でも、部屋にこの女をひとりにしておくのは危ないことだと思った。不法侵入してきた女は人殺しだ。

「そのパンツ、いいじゃん」とユキがいった。僕はそれでうれしくなってしまったから、

「じゃあ、任せるよ」といって脱衣所に向かった。

お湯に浸かっていると、今までで一番の、なにもかもを凍らせてしまうような冷気が唐突にやってきて、僕はお湯の温度を一気に上げないといけなくて、ガス代が心配だった。そのすぐあと、なにかを砕き、削る音が聞こえてきた。

お風呂から上がって、着込みに着込んで部屋にもどると、パパの死体が消えていた。代わりにユキが床に座っていた。ユキの目の前のテーブルには細かい氷が盛られた小鉢がある。

「なにそれ？」と僕は聞いた。

「かき氷。食べる？　おいしいよ？」

ユキがあーんとしてきたから、食べるしかなかった。僕はまだユキを信用することなんかできなかったし、なにがユキの怒りに触れるかなんてわからなかった。従うしかない。下手に刺激して殺されるわけにはいかない。だから僕は仕方なくかき氷を食べた。僕がかき氷が大好きなことなんかまったく、ぜんぜん、本当に関係がない。

「あ、おいしい」

「ユキ、なんだよね？」僕は水に向かっていった。

「さっきからいってるじゃん」と水が答えた。「コップに移してほしい。このままだと見づらい」

「あ、見えるんだ。目は、どこ?」

「自分でもわかんないけど、見えるの」

「わかった」

僕はコップをいくつも持ってきてバケツの水を注いでいった。少しこぼしてしまって、慌ててティッシュで拭いてユキにばれないようにした。

「大丈夫? 暑くない?」

「大丈夫、ありがとう」こぼしたことは気づかれていないみたいでほっとした。

「こうなることは、知ってた?」

「知らなかった」

「これからどうする?」

「どうしよっか」ユキの声は震えていた。

「泣いてるの?」

「うん、よくわかったね」

「わかるよ。それくらい」

うそだ。本当はぜんぜんわからない。目の前にあるのは、ただの喋る水だ。泣いても水かさが増えたりしない。


きのうのことも、前のパパが死んだ日のことも実はぜんぶ幻で、僕は長すぎる夢を見ていたんだ、起きたらそうなっていたらいいと思いながらねむった。いや、ねむったというよりは気絶したのだった。寒すぎて。

朝起きたら床でユキがねむっていて、僕は「帰ってくれ」といおうとしたけれど口が凍りついていた。他の雪女がそうするのかどうかは知らないけど、ユキは立ったままねむっていて、足は青い、大きなバケツに入っていた。どこから持ってきたんだろう。僕がガスコンロの火で口を溶かして部屋にもどるとちょうどユキも起きたところで、僕は「なんでバケツに入ってるの？」と聞いた。

「ほら、私って、いつ溶けるかわからないから」ユキは笑いながらいったけど、そのときの顔はよくテレビドラマなんかで見る、余命がもういくらもないのに周りの人を気づかって無理に笑っているみたいな笑顔だった。

「どうして、僕なの？」と僕は聞いた。「どうして僕のところにきたの？」

「別に、あなたを選んだわけじゃない。たまたまよ。たとえば前を歩いている人が道で急にだれかに襲われたとするじゃない。そしたら警察に通報するよね。ほとんど反射的に。そういう感じ。わかる？」

「うーん、なんとなく」

「それにしても、二回も襲われるなんてね」

「だれが？」

「あなたが」

「え？」

「え？」

「え？」

あぁ、と僕は思った。ユキは、善意でパパたちを殺したらしかった。

「あぁ、うん。そうだね。助けてくれてありがとう」

僕はうそをついた。本当のことをいっても別にだれかが救われるわけじゃないし、少なくとも僕がうそをついたことでユキが満足してくれるならそれでよかった。満足して、もう帰ってほしい。


「どうやったら、もとにもどると思う？」と水がいった。

「うーん、凍らすとか？」

「それだと、氷じゃない。氷女になっちゃう」

「じゃあ、雪にしたらいいのか」

「水を雪にするのって、どうするの？」

「蒸発して、雲までいくんじゃない？」

「それは……こわいなぁ」


「ねぇ、私、ここに住んでもいい？」ユキがいった。

「は？」

「いくとこない。身内、いないから」

「そうなんだ」そんなことでは僕は気を許さない。

「今はまだ冬だから、外にいても大丈夫だけど、夏になったら死んじゃう。もう、嫌なの。スーパーとかお肉屋さんの冷凍室に住むのは。ずっとひとりぼっちなのは。話しかけても、幽霊だと思われてしまうし」

「わかった。いいよ。住んでも」

「ほんとに？」

「その代わり、お金ちょうだい」パパがいないんだ。だれかが代わりに僕にお金をくれないといけない。

「なんだ、そんなことか。ちょっと待っててね」

ユキはそういって、部屋を出ていった。僕はユキが出ていってほっとした。でもすぐにユキが出ていったことを後悔した。部屋が温まりはじめると霜が溶けて、水浸しになって、テレビやパソコンが壊れてしまったんだ！　これじゃあまるで通り魔だ！　あいつは最低だ！　僕が激怒してスピーカーとか食器とかを壊しまくっていると、ユキが帰ってきた。

「はい、これ、とりあえず」ユキは僕に札束を渡した。

「どうしたの、これ」

「秘密」

「大丈夫？」

「安らかな顔してた」

「逮捕とかされないよね」

「うん。明日も別の人にもらってくる」

その年の冬にたくさんの人が死んだのはそういうわけだ。


僕はペットボトルをいくつか持ってきてコップの水を注いでいった。少しこぼしてしまって、慌ててティッシュで拭いて水にばれないようにした。ペットボトルでぱんぱんになったバックパックを背負って外に出た。

「暑いー。死ぬー」と水がいった。

「水が溶けることはないから、大丈夫だよ」

「これが夏かぁ」

「海が待ってるよ」


海にいきたい、とユキがいったときには僕たちは同棲をはじめていた。ユキがお金を提供し、僕が部屋と、だれかと暮らすということを提供する。僕たちはうまくやっていた。寒い日にはふたりで外に出ることさえできた。僕たちはよく湖にいった。ユキの足が湖に触れると、一瞬でスケートリンクができる。僕たちはユキがまるで魔法みたいに氷で作ったスケート靴を履いて、ぎこちなく滑っていく。まるで同年代の女の子とデートしているみたいだった。こんなこと、パパたちとはやったことがなかった。

「もうすぐ、冬が終わるね」とユキがいった。

「そうだね」

「私ね、夢があるの」

ユキは唐突にそういって、その言い方はうさんくさくて、まるでドラマみたいで、でもドラマみたいなシチュエーションだった。あたりにはだれもいない。魚たちは死んでしまっていて、鳥さえ飛びながら凍った。僕たちの声だけが聞こえて、世界にふたりだけみたいだった。

「夏」

「夏?」

「夏を、感じてみたいの。海にいったり、ね」

「うん」

そんなことは雪女には無理だって、ふたりともわかっていた。

でも、水なら海にいくことができる。よく晴れた日で、空には大きな入道雲がかかり、セミがけたたましく鳴いていた。駅に着くと、水がいった。

「私、電車に乗るのってはじめて」水の声はうきうきしていた。

僕がはじめて電車に乗ったのはいつだったろうか。もう思い出せない。僕が忘れてしまったたくさんのことを、水はこれから経験できるのかもしれないと思った。

ユキが僕のところにきてからはじめての春がきた。僕たちは部屋から一歩も外に出なかった。たいていのものは、というかほとんどすべてのものはネットで買うことができたから、僕たちはずっと引きこもっていた。僕はユキのことを名前で呼ぶようになり、ユキも僕のことを「あなた」ではなくて「きみ」と呼ぶようになり、夏がくると「きみ」は「ユキオくん」になった。窓の外はよく晴れていて、空には大きな入道雲がかかり、セミがけたたましく鳴いていた。ユキはなるべく夏を見ないようにしていた。けれど、一度ベランダの窓を開けようとしたことがあって、僕は慌ててユキを部屋にもどしてベランダの窓を閉めて、鍵をテープでぐるぐる巻きにして、窓をすべてダンボールで塞いで、ユキの体をおびただしい数の氷と保冷剤で覆った。

「どうして」とユキはいった。「どうして、外に出させてくれなかったの」

「だって、ユキが死んだら、僕はそのうち働かないといけなくなる」笑いながらいった。僕の口からは震えた声が出た。

浜辺ではカップルや子どもたちがはしゃいでいた。みんな笑っていた。バックパックのなかの保冷剤はもうみんな溶けている。

「ほら、海だよ」僕はペットボトルのひとつを胸に抱きながらいった。

「熱い。体が、熱い」

冬がくるとユキはまたお金を取ってきて、僕たちは湖にいって、深夜に遊園地にいったりもして、春からはずっと引きこもった。僕は着込んでも寒すぎる部屋にいるせいでずっと体の感覚がなくて、ずっと下痢で生きた心地がしなかったけど、ユキはたくさん笑った。

「雪女が夏の海にくるなんてね」

「……」水からは熱にうなされているような、肩で息をする音が聞こえる。

「吹雪の日に突然現れて、パパを凍らせた人とこんな関係になるなんて」

「あの日のことは……喋らないでって……約束……したのに」

ユキが雪女の体を持っていたら、秘密を喋った僕の前からいなくなっただろうか。秘密を喋った僕を殺しただろうか。でも、水にはなにもできない。そう思った。けれど、やっぱり雪女だ。僕の前からいなくなった。


ユキが水になる前の日、きのうの僕たちはなにをしただろうか。特別なことはなにもしていない。雪女が部屋にいることや、ユキが普通の人間といっしょにいることは特別なことだけど、もう僕たちには当たり前のことで、いつの間にか同じような明日が毎日くるのだろうと思っていた。


「やっぱり、海に……流してほしい」水がいった。

「うん」

靴を海に浸しながら、ペットボトルをさかさまにしていく。水が落ちる音は、波の音で聞こえなかった。

よりよい生活

どうやら私は家事代行サービスの者らしく、家事代行サービスの者です、といって知らないひとの家にあがった。

出迎えてくれたのは母親と娘で、娘はずっと母親の脚の裏に隠れていて顔が見えなかった。じゃあ、よろしくお願いしますね、五時には帰ってきますから、と母親がいって、私はひとりで知らないひとの家に残された。

まったくの無音で、私があるく度に会社から持ってきたスリッパがぺちぺち鳴る音が聞こえてきたが、リビングにつづく廊下を七歩あるいたときだ、後ろから鍵が回る音がして、それから、ミィィィィという、なにかが軋むような、耳鳴りのような、なにかの予兆のような音を立てて玄関の扉が開いた。

母親がいた。ドアの隙間から顔だけを出して、私にこういった。

「冷凍室は開けないでくださいね」

冷凍室は開けないでくださいね、私は心のなかで繰り返すと、すぐキッチンに向かい、冷凍室の扉を開けようとしたが、まったく開かなかった。

顔を近づけると、なにかの音が聞こえてきた。呼吸しているみたいな音だ。しばらく耳を澄ましていると、止まった。

大きな冷蔵庫は液晶テレビのように黒く光沢がかっていて、冷凍室の取っ手には私の指紋がべっとりとついていた。清掃用品のなかからティッシュを取り出して、丁寧に指紋を拭いていこうとした。改めて冷蔵庫を見ると、私以外のだれの指紋もついていなかった。

私はこれからどこにも私の指紋がつかないよう、軍手を嵌めることにした。それから、空っぽの冷蔵庫に食材を入れていった。

午前十時から午後五時まで、私はこの家のなかにいなければならない。掃除をして、夕食を作るのだ。

きれいな家だった。

雑誌やリモコンはあるべきところにあり、抜け毛もろくに落ちておらず、窓際にある大きな観葉植物の葉にさえ埃がついていなかった。まるで今日は他人が、家事代行サービスの業者が家にくるから、そのために掃除をしておいたような家だった。

それでも一応、リビングの掃除をこなしたが、特になにも起きなかった。どうすればいいのだろう、私はソファに座ってみた。私は口がちぎれるほど大きなあくびをして、これから昼寝するみたいにソファに寝転がった。すると、目の端でなにかが動いた。

リビングの天井の隅に、半球のかたちをしたものがあった。

近づいてよく見ると、それは監視カメラで、さっき動いて私のことをズームで見ていたのかもしれなかった。だれが？　決まっている、この家のひとが、私を品定めしている。もしかしたら、掃除以外のなにかのテストかもしれなかった。

もう一度、リビングをくまなくチェックして回ったが、なかなか時間が進まなかった。

きれいなお風呂場に気になるものがあった。バスタブとタイルの境い目の、注意深く見ないと気づけないようなところに、赤い筋がひとつだけあった。これって、血？　と思ったとき、また例の、なにかの予兆のような音がはじまって、それが高まったとき、呼び鈴が鳴った。

時計を見ると午後四時になっていた。母親と娘が帰ってくるまで、予定より一時間も早い。

玄関を開けたらなにかがいるのだろう、玄関を開けると、子どもだけがいた。

「こんにちは」と私はいった。「もう帰ってきたの？」

「だれ」と女の子がいった。

「たかはしなつみです」と私はいった。

たかはしなつみ？

私の名前だ。

「今日の午前中、おばちゃんたち会ったよね、おばちゃんはね、お母さんとお父さんの代わりに家事をしてるの、そういうお仕事なんです」と私はいっていた。

「ほんと？　知らないひとじゃない？　こわいひとじゃない？」

「ほんとだよ。『モアベターライフ』っていう会社からきました。ママはいっしょじゃないの？」

子どもはうなずいた。

「お名前はなんていうの？」

なつきちゃんだ、私は会社の資料でそう確認していたが、女の子は「なつみ」といった。

「なつみちゃん……おばちゃんの名前といっしょだね。ママはもうすぐ帰ってくるのかな」

「お姉ちゃんといっしょ」

それも私は知らない。ここの家族は母親と父親と娘の三人だけだ。母親に連絡しようかと私は思ったが、どうせあと一時間だと思って連絡しなかった。

「おばちゃん、いまから晩ごはん作らないといけないから、それまであそんでてくれる？」と私はいった。

私はキッチンにいくと、包丁を握って、食材を刻んだ。包丁は、いやにたくさんあった。

私がシチューを作っているあいだ、女の子はテレビゲームをしていた。ここによく似た家が舞台で、プレイヤーは追いかけてくるピエロの格好をした老女から隠れて家を脱出しなければいけない。見つかると即座に首をひね折られて、ベッドの上で目覚めるところから再スタートする。

シチューを作り終わると、私は女の子に声をかけた。

「なつみちゃん。おばちゃんとあそばない？」

女の子はうなずいて、私たちはかくれんぼをすることになった。私はしゃがみ込んで、目を閉じてうつむいて三十秒数えた。そのあいだ、周囲から、女の子の足音や笑い声が聞こえた。

もういいかーい、と私はいった。返事がなかったので、探すことにした。

ここかなー。

ここかなー。

ここかなー。

いろいろな扉を開けたが、見つからなかった。最後に、冷蔵庫の前にまできた。冷蔵室のなかにはだれもいなかった。冷凍室の取っ手に手をかけたとき、また呼び鈴がなった。ちょうど五時だった。玄関を開けると、母親と娘が立っていた。どちらも無表情で、私のそばを通り過ぎた。リビングを見渡して、母親がいった。

「わー、すごいきれいー。またお願いしたいわあ」

母親はキッチンにいって私の料理をチェックし、娘はソファに座ってｉＰｈｏｎｅをいじりはじめた。

私は再び女の子を探した。「なつみちゃん」とささやきながら部屋を見て回った。「なつみちゃん。ママとお姉ちゃん帰ってきたよ」

母親と父親の寝室には鏡があった。その前に立ったとき、突然、うしろから母親の姿が現れた。

「なにしてるんです？」と母親はいった。

「なつみちゃんとかくれんぼしてたんです。さっきまで。だから、お母さんが帰ってきたことを教えてあげようと思いまして」

「なつみ？」

「ええ。四時にひとりだけ帰ってきて……。なつきちゃんの妹ちゃんですよね、なつみちゃんって」

「子どもはなつきだけです」

「え？　じゃあなつみちゃんは」

母親はしばらく黙ったあと、「もしかしたら、なつきの友だちかもしれません」といって、部屋を出ていった。

私はほっとしたが、リビングを横切るとき、なつきちゃんが母親に向かって首を振っているのを見逃さなかった。

結局、私とかくれんぼをした女の子は見つからなかった。

「なつみちゃんっていう子ども、なつきのお友だちでした」と母親が私にうそをついて、一日目が終わった。

私はＶＲゴーグルを取った。

換気扇の下でたばこを吸っていると、呼び鈴が鳴った。なにかが私の家にきていた。さっきの女の子かもしれないと思ったが、そんなわけないと思い直した。でも、私はどきどきしていた。映画やゲームをしているときにしか聞こえないあの予兆のような音が聞こえていて、扉を開けなかった。

もう一度たばこを吸うと、ふらふらした。心臓が痛かった。

私はずっと、ろくにたべものをたべていなかった。体重を図ると39・8キロで、インスタグラムにあげるために写真を撮っておいた。

30キロ台になるのはひさしぶりで、うれしかった。

真っ暗いなか自分の腕や脚の写真を撮ってインスタグラムにあげると、瞬く間にいいねがきた。カメラに撮られて光り、より白く見える私の体は清潔な動物の角みたいに細く、私は私が体を持っていることが嫌いだったが、需要があるのは嫌いではなかった。いいねをくれたフォロワーにいいねを返しにいった。女の子たちはみんな痩せていて、痩せているのはいいことで、私たちは、なにかへの抵抗というか、変身願望というか、軽い、消滅願望みたいなもの？　でつながっていた。

私はまたゴーグルをつけて、今度はＶＲＣｈａｔの世界に移動した。

広い交差点の真ん中に降り立った。青空が広がっていて、灰色のビルが私を囲んでいる、それだけだ、取り立てるほどの特徴もない、世界中のどの国にもありそうなここはジャパンタウンで、大きくて獰猛そうなイルカがぐわぁぁぁっと口を開いている広告スクリーンの下で山田は待っていた。

　彼の顔と姿をしているので山田だとすぐにわかる。山田は３Ｄスキャンした自分自身をアバターにしていた。せっかく現実じゃないところにいるのにそんなことをするなんて、私にはわけがわからなかった。その世界での私の体は、小さくて四角い鉄の立方体だった。そこから、足の代わりにあるくためのローラーと、手の代わりに手を振ったりハグするための鎖を生やしていた。私は彼の脛くらいまでの大きさだったので、ときどき、彼の顔の高さまでぴょんぴょん飛び跳ねながら話をした。

「きょうなにしてたの？」と彼がいった。

「ゲーム」と私はこたえた。「『モアベターライフ』っていう、インディーズのＶＲホラーゲーム。主人公は家事代行サービスの女で、さっきはじめたばっかりだからまだたいしたことは起きてないんだけど、仕事先の家に住んでる家族がたぶん殺人鬼なんだと思う。お風呂場に血痕があったり、冷凍室になにか入ってたりしたから」

「ふぅん」

「ひとりね、その家族とは別に、不可解な女の子が出てくるんだけど、その子が何者なのかはまだぜんぜんわからなくて、ちょっとおもしろい」

「なつみ」と彼は私を呼んだ。名前を呼ばれる度に、私ではなく、『モアベターライフ』の私でもなく、あの女の子が呼ばれているような気がした。どういうわけか主人公が私と同じ名前で、女の子も同じ名前だということを私は話さなかった。

私たちが話してるあいだ、この世界でなにをしたらいいのかわからないユーザーたちが無駄に私たちにぶつかってきたり、手に持っている刀を振り下ろしたりしてきた。アニメのキャラクターをそのままアバターにしているひとがとても多く、みんなどうしてか陽気で、会話未満の喚くだけの会話をしたり、歌ったりしていた。当時はＶＲＣｈａｔがリリースされてからあまり日が経っておらず、すべてが雑然としていた。空中に絵を描くことのできるワールドでは、ＶＲ視点で空中に絵を描くことができるというだけで楽しかった。ペアになって話し込んでいる私たちは知らないユーザーに絡まれて、周囲を黒い描線でぐるぐるにされて繭みたいになっていた。うっとおしかったけど、楽しかった。ここは私たちが思い描くいろいろなことができそうな、未知の空間だった。いるだけで楽しかった。だれもかれも、軽く酔っぱらっているみたいだった。

私と山田が並んであるいている様子を、いぬの散歩みたいだ、『攻殻機動隊』みたいだ、とかいって、私たちの写真を撮っていく外国のひとが何人もいた。

マネー、といいながら近づいてくる疑似ホームレスがいた。

自作の音源を流して宣伝しているひとがいた。

礼拝しているひとたちがいた。

こんにちは、日本人ですか、僕のこと知ってますか、お話し聞かせてもらっていいですか？と何度もいいながら、ベジータやピカチュウを追いかけている男性初期アバターのユーザーがいた。

「めずらしい。日本人だな」

「ＹｏｕＴｕｂｅｒじゃない？　きっとそうだよ、あんな風にずけずけしてるのは」

「あのひとのところいってみる？」

「ええー」

「いってみようよ」

「いやだよ。勝手に配信されるの。ひとりでいってきなよ」

「なにそれ」

彼から、舌打ちの音が聞こえた気がして、私がひるんでいるうちに、ＹｏｕＴｕｂｅｒが向こうからやってきた。

「日本人ですか？」とYｏｕTｕｂｅｒは山田にいった。

「はい、そうです」と山田はいった。

「僕、YｏｕTｕｂｅｒやってる『やまねこX』っていうんですけど、知ってますかあ？」

「知らないです」と私はいった。

「あちゃー。あ、女性の方なんですねえ。そのアバター『攻殻機動隊』みたいでいいですね」とYｏｕTｕｂｅｒはいった。「おふたりはどういう関係か聞いてもいいですか？」

「あー、付き合ってるんです」と山田はいった。

「ええー！　じゃあVRデートだ」とYｏｕTｕｂｅｒはいい、馴れ初めとかを聞いてきたので、私はそっと別のワールドに移動した。

しばらくすると、山田が追いかけてきた。

「どうしたんだよ」

「だって、いらいらしたから。私YｏｕTｕｂｅｒとかあんまり好きじゃない。驚かれたんでしょ？　私たちがVRCｈａｔで知り合って付き合いだして、実際には会ったことがないこととか」

「すごいですねー、ってあのひといってたけどさ、それのなにがいらいらするわけ」

「きっと配信で使われるよ。私たち、消費されるよ？」

「なに？　きょう生理？」

こいつ、まじか、と思った。私はしばらく口をきかないことにした。

あるいていると、20人くらいのユーザーが輪になって立っていた。なんの集まりだろう。

「ワット・アー・ユー・ドゥーイング」と山田はそのなかのひとりに聞いた。

なにもしてない、私たちはオンラインの『モンスターハンター』の仲間で、たまにこうやって集まってオフ会をしてる、先週私たちは誕生日会をした、きょう私たちがなにをするのか、これから決めるところだ、あなたは中国人か？　日本人か？　と『星色ガールドロップ』に出てくる月野しずくの姿をしたその男性は私たち同様かたことの英語でいった。

「ちょっと見てこうよ」と私は山田にいった。

「お。機嫌なおった？」と山田はいって、私にハグしてきた。

集団のなかのひとりにヘリコプターがいて、私は山田の肩越しにそのひとを凝視していた。あれもアバターだった。かたちも、大きさも、完全にヘリコプターだった。あんなの、かっこいい。

集団のなかから、『ブラックパンサー』のオコエと『スマイルプリキュア！』のキュアピースが輪の中央に歩み出て、殴ったり蹴ったりしはじめた。

それにつられるようにして、他のユーザーもストリートファイトしはじめた。

「ウィー・レッツ」といって、山田は月野しずくとたたかった。

今度は勝った者たちでたたかいはじめた。

私もやってみようかなと思ったが、激しく手足を動かすのを想像すると私の息切れの音が聞こえてきて、体がうるさかった。

たたかっているひとたちを見ていると、やがてヘリが飛び上がって、みんなを撃ちはじめた。ジーザス、とか、アッラー、とか、それぞれの神さまの名前や罵詈雑言が聞こえてきたが、おおむねみんなよろこんでいた。ヘリコプターのひとのスペックに感嘆し、みんな手を振りながら撃たれていた。

そのあと、私と山田はバーにいったり、クラブにいって飽きるまで踊りあかし、次のデートの日を決めて別れた。私はＶＲＣｈａｔを終了せず、こちらにある家に帰ってねむった。

『モアベターライフ』の二日目は、きのうとまったく同じやりとりからはじまった。

その家のドアを開けると、母親と娘がいて、娘は母親の脚の裏に隠れていて、母親は、じゃあ、よろしくお願いしますね、五時には帰ってきますから、といって出ていった。

きのうと同じように廊下を七歩あるいたとき、玄関の扉が開いた。

「冷凍室の扉は開けないでくださいね」

同じ一日を繰り返しているのかもしれないと思ったが、そうではないみたいだった。状況は微妙に変わっているみたいだった。

玄関から顔を出した母親は、きのうとはちがって、どうしてかうつむいていて、真っ黒な穴のような頭髪だけを私に見せていた。

そして、リビングが少し荒れていた。

雑誌やリモコンは床に散らばり、開かれたページの上には子どもの足跡がついていた。観葉植物からは葉が落ち、土の上を虫が這っていた。

冷凍室の前に向かった。取っ手に手をかけると、動悸がしてきた。どっちの私の体からしてくる音なのか、一瞬わからなかった。

冷凍室の扉が開いた。

そこにはなにもなかった。なにも、だれも入ってはいなかったが、よく見ると冷凍室にこびりついた霜の一部が赤くなっていて、それを見つづけていると、赤い色はどんどん広がって冷

「興味ないって。うわ、すごい風」

「おおー。すっげー」

さびれた酒場や郵便局が並んでいて、そのあいだを熱風が吹き荒れて空気が砂で黄色かった。ここは西部劇を模したワールドだが、そんなことは関係なくユーザーは思い思いのアバターを使っていて、ちょうど向こうに『進撃の巨人』の巨人が現れたところだった。

「すっげー」と山田はもう一度いった。

巨人の足元に何人ものユーザーが群がりはじめ、巨人は腕で薙ぎ払おうとしている。空飛ぶ箒に乗ったユーザーが巨人をかく乱し、そのうちに戦闘機やクローン軍も現れるだろう。

「あれ、なに？」

「奇行種タイプの巨人だろ？」

「ちがうって。その向こう。巨人の向こうにあるやつ」

巨人の向こうに、ドーム型をした建築物があった。巨人より大きいかもしれず、このワールドにふさわしくないもので、あれもユーザーが作ったものかもしれなかった。

「あー、あれ、なんだろう。博物館かな」

「お墓かも。聞いたことある。ドーム型のお墓があるって」

「ふぅん。いってみる?」

「いや、いい」

「なつみって消極的だよなあ。おれ、あれから毎日こっちにきてるんだぜ?」

「あれから?」

「そう、あれから」と山田はいった。「ストリートファイトにはまっちゃって、あれから毎日こっちきてだれかとたたかってるんだ。おれけっこう強いみたいでさあ、動画をYouTubeにあげてたら向こうからファイト挑んでくるひともいて、すげーって思った。おれ、VTuberやれてんじゃん、って。なつみもチャンネル登録してよ。『ストリートファイトする山田は@VRChat』で検索したら出てくるから」と山田がいっていた。

「どう? おれと、たたかってみる?」と山田がいって、足元にいる私の体を蹴った。

「おら、おら」

衝撃なんかはなくて、私はただそこでじっとしていた。

「え、なんか、山田の声だんだん大きくなってない?」

「そんなこと、ないけど?」と山田はいって、「なあ。やり返せよ」と私を何度か蹴ったあとにいった。

「別れよう」と私はいった。

「なに？　聞こえなかった」と彼はいった。

私はぴょんと飛び跳ねて、鎖の腕で彼を殴った。

「いって～」と彼はいった。

彼が私を殴った。痛くもなんともなかった。

けれど、私の背筋は粟立っていた。殴るのをやめて、彼が私をハグしてきたとき、私の現実の体にもなにかが触れていた。

「こうやって会うのははじめてじゃん？」と彼がいった。声が二重になって聞こえてきた。

「きちゃった」と彼がいった。「なつみ、思ってたよりおれ好みかも」と彼がいっていた。「別れようって、なに？」

視界がぐらぐら揺れた。彼が私のゴーグルを摑んでいた。

「それ取れよ！」

と彼は大きな声でいったが、私はなにも聞こえないふりをして、ゴーグルを両手で押さえ、私を覆う目の前のこの混沌を見つめながら、彼を、現実を、骨ばった脚で蹴っていった。

初出一覧

回転草「たべるのがおそい」vol.2
破壊神　書き下ろし
生きものアレルギー　『のけものどもの』惑星と口笛ブックス
文鳥　アットホームアワード受賞作　改稿
わたしたちがチャンピオンだったころ　「飛ぶ教室」51号（光村図書出版）
夜　書き下ろし
ヴァンパイアとして私たちによく知られているミカだが　「アヴァンギャルドでいこう」vol.6（Shiny Books）　改稿
彼女をバスタブにいれて燃やす　「GRANTA JAPAN with 早稲田文学」０３号
海に流れる雪の音　第二回ブックショートアワード受賞作「ユキの異常な体質 または僕はどれほどお金がほしいか」　改題改稿
よりよい生活　書き下ろし